U0088076

MP3
附50音發音表

實用進階

日語文法

雅典日研所/企編

邁向中級最需要的一本書！

★ 網羅動詞變化、助詞用法
★ 進階文法立即上手

50音基本發音表

清音
• track 002

a ㄚ	i 一	u ㄨ	e ㄝ	o ㄡ
あ ア	い イ	う ウ	え エ	お オ
ka ㄎㄚ	ki ㄎ一	ku ㄎㄨ	ke ㄎㄝ	ko ㄎㄡ
か カ	き キ	く ク	け ケ	こ コ
sa ㄙㄚ	shi ㄒ一	su ㄙㄨ	se ㄙㄝ	so ㄙㄡ
さ サ	し シ	す ス	せ セ	そ ソ
ta ㄊㄚ	chi ㄑ一	tsu ㄘㄨ	te ㄊㄝ	to ㄊㄡ
た タ	ち チ	つ ツ	て テ	と ト
na ㄋㄚ	ni ㄋ一	nu ㄋㄨ	ne ㄋㄝ	no ㄋㄡ
な ナ	に ニ	ぬ ヌ	ね ネ	の ノ
ha ㄏㄚ	hi ㄏ一	fu ㄏㄨ	he ㄏㄝ	ho ㄏㄡ
は ハ	ひ ヒ	ふ フ	へ ヘ	ほ ホ
ma ㄇㄚ	mi ㄇ一	mu ㄇㄨ	me ㄇㄝ	mo ㄇㄡ
ま マ	み ミ	む ム	め メ	も モ
ya 一ㄚ		yu 一ㄩ		yo 一ㄡ
や ヤ		ゆ ユ		よ ヨ
ra ㄌㄚ	ri ㄌ一	ru ㄌㄨ	re ㄌㄝ	ro ㄌㄡ
ら ラ	り リ	る ル	れ レ	ろ ロ
wa ㄨㄚ		o ㄡ		n ㄣ
わ ワ		を ヲ		ん ン

濁音
• track 003

ga ㄍㄚ	gi ㄍ一	gu ㄍㄨ	ge ㄍㄝ	go ㄍㄡ
が ガ	ぎ ギ	ぐ グ	げ ゲ	ご ゴ
za ㄗㄚ	ji ㄐ一	zu ㄗ	ze ㄗㄝ	zo ㄗㄡ
ざ ザ	じ ジ	ず ズ	ぜ ゼ	ぞ ゾ
da ㄉㄚ	ji ㄐ一	zu ㄗ	de ㄉㄝ	do ㄉㄡ
だ ダ	ぢ ヂ	づ ヅ	で デ	ど ド
ba ㄅㄚ	bi ㄅ一	bu ㄅㄨ	be ㄅㄟ	bo ㄅㄡ
ば バ	び ビ	ぶ ブ	べ ベ	ぼ ボ
pa ㄆㄚ	pi ㄆ一	pu ㄆㄨ	pe ㄆㄝ	po ㄆㄡ
ぱ パ	ぴ ピ	ぷ プ	ぺ ペ	ぽ ポ

拗音

kya ㄎㄧㄚ		kyu ㄎㄧㄩ		kyo ㄎㄧㄡ	
きゃ	キャ	きゅ	キュ	きょ	キョ
sha ㄒㄧㄚ		shu ㄒㄧㄩ		sho ㄒㄧㄡ	
しゃ	シャ	しゅ	シュ	しょ	ショ
cha ㄑㄧㄚ		chu ㄑㄧㄩ		cho ㄑㄧㄡ	
ちゃ	チャ	ちゅ	チュ	ちょ	チョ
nya ㄋㄧㄚ		nyu ㄋㄧㄩ		nyo ㄋㄧㄡ	
にゃ	ニャ	にゅ	ニュ	にょ	ニョ
hya ㄏㄧㄚ		hyu ㄏㄧㄩ		hyo ㄏㄧㄡ	
ひゃ	ヒャ	ひゅ	ヒュ	ひょ	ヒョ
mya ㄇㄧㄚ		myu ㄇㄧㄩ		myo ㄇㄧㄡ	
みゃ	ミャ	みゅ	ミュ	みょ	ミョ
rya ㄌㄧㄚ		ryu ㄌㄧㄩ		ryo ㄌㄧㄡ	
りゃ	リャ	りゅ	リュ	りょ	リョ

gya ㄍㄧㄚ		gyu ㄍㄧㄩ		gyo ㄍㄧㄡ	
ぎゃ	ギャ	ぎゅ	ギュ	ぎょ	ギョ
ja ㄐㄧㄚ		ju ㄐㄧㄩ		jo ㄐㄧㄡ	
じゃ	ジャ	じゅ	ジュ	じょ	ジョ
ja ㄐㄧㄚ		ju ㄐㄧㄩ		jo ㄐㄧㄡ	
ぢゃ	ヂャ	づゅ	ヂュ	ぢょ	ヂョ
bya ㄅㄧㄚ		byu ㄅㄧㄩ		byo ㄅㄧㄡ	
びゃ	ビャ	びゅ	ビュ	びょ	ビョ
pya ㄆㄧㄚ		pyu ㄆㄧㄩ		pyo ㄆㄧㄡ	
ぴゃ	ピャ	ぴゅ	ピュ	ぴょ	ピョ

● | 平假名 | 片假名 |

04 使用常體的表現 (2)

05 被動形

13

使用使役形的表現

14

使役被動形

15

使用使役被動形的表現

16

假設用法

17 使用假設用法的表現

18 敬語篇

-------------- **助詞應用** --------------

19 助詞—は

20 助詞—が

21

助詞─も、の

22

助詞─を、か

23 助詞—に、へ、で

24 助詞―と、から

25 助詞―其他

Point.01

暖身篇
基礎句型複習

▶ 名詞句總覽

說明

　　日文中的時態和肯定、否定的變化是由最後面的助動詞來決定，即：

非過去肯定：です
過去肯定：でした
非過去否定：ではありません／じゃありません
過去否定：ではありませんでした／じゃありませんでした

例句

◆非過去肯定句
彼は先生です。
ka.re./wa./se.n.se.i./de.su.
他是老師。

◆過去肯定句
彼は先生でした。
ka.re./wa./se.n.se.i./de.shi.ta.
他曾經是老師

◆非過去肯定疑問句
彼は先生ですか。
ka.re./wa./se.n.se.i./de.su.ka.
他是老師嗎？

◆過去肯定疑問句

彼は先生でしたか。

ka.re./wa./se.n.se.i./de.shi.ta.ka.

他以前是老師嗎？

◆非過去否定句

彼は先生ではありません。

ka.re./wa./se.n.se.i./de.wa./a.ri.ma.se.n.

他不是老師。

彼は先生じゃありません。

ka.re./wa./se.n.se.i./ja./a.ri.ma.se.n.

他不是老師。

◆過去否定句

彼は先生ではありませんでした。

ka.re./wa./se.n.se.i./de.wa./a.ri.ma.se.n./de.shi.ta.

他過去不是老師。

彼は先生じゃありませんでした。

ka.re./wa./se.n.se.i./ja./a.ri.ma.se.n./de.shi.ta.

他過去不是老師。

◆非過去否定疑問句

彼は先生ではありませんか。

ka.re./wa./se.n.se.i./de.wa./a.ri.ma.se.n.ka.

他不是老師嗎？

彼は先生じゃありませんか。

ka.re./wa./se.n.se.i./ja./a.ri.ma.se.n.ka.

他不是老師嗎？

◆過去否定疑問句

かれ　せんせい
彼は先生ではありませんでしたか。
ka.re./wa./se.n.se.i./de.wa./a.ri.ma.se.n./de.shi.ta.ka.
他以前不是老師嗎？

かれ　せんせい
彼は先生じゃありませんでしたか。
ka.re./wa./se.n.se.i./ja./a.ri.ma.se.n./de.shi.ta.ka.
他以前不是老師嗎？

▶ い形容詞句總覽

説明

い形容詞的字尾變化如下：
非過去肯定：い
過去肯定：い→かった
非過去否定：い→くない／くありません
過去否定：い→くなかった／くありませんでした
副詞用法：い→く
い形容詞＋形容詞：い→くて

例句

◆形容詞

おいしい。
o.i.shi.i.
好吃。

◆い形容詞＋です

おいしいです。
o.i.shi.i./de.su.
好吃。

◆い形容詞＋名詞

おいしいケーキです。
o.i.shi.i./ke.e.ki./de.su.
好吃的蛋糕。

◆い形容詞（轉為副詞）＋動詞

おいしく食べます。
o.i.shi.ku./ta.be.ma.su.
津津有味地吃。

◆い形容詞＋形容詞

おいしくて安いです。
o.i.shi.ku.te./ya.su.i.de.su.
既好吃又便宜。

◆非過去肯定句

ケーキはおいしいです。
ke.e.ki./wa./o.i.shi.i./de.su.
蛋糕很好吃。

◆過去肯定句

昨日のケーキはおいしかったです。
ki.no.u./no./ke.e.ki./wa./o.i.shi.ka.tta./de.su.
昨天的蛋糕很好吃。

◆非過去肯定疑問句

ケーキはおいしいですか。
ke.e.ki./wa./o.i.shi.i./de.su.ka.
蛋糕很好吃嗎？

◆過去肯定疑問句

昨日のケーキはおいしかったですか。
ki.no.u./no./ke.e.ki./wa./o.i.shi.ka.tta./de.su.ka.

昨天的蛋糕好吃嗎？

◆非過去否定句

1. ケーキはおいしくないです。
ke.e.ki./wa./o.i.shi.ku.na.i./de.su.
蛋糕不好吃。

2. ケーキはおいしくありません。
ke.e.ki./wa./o.i.shi.ku./a.ri.ma.se.n.
蛋糕不好吃。

◆過去否定句

1. 昨日のケーキはおいしくなかったです。
ki.no.u.no./ke.e.ki.wa./o.i.shi.ku./na.ka.tta.de.su.
昨天的蛋糕不好吃。

2. 昨日のケーキはおいしくありませんでし

た。
ki.no.u.no./ke.e.ki.wa./o.i.shi.ku./a.ri.ma.s.en.de.shi.ta.
昨天的蛋糕不好吃。

◆非過去否定疑問句

1. ケーキはおいしくないですか。
ke.e.ki./wa./o.i.shi.ku.na.i./de.su.ka.
蛋糕不好吃嗎？

2. ケーキはおいしくありませんか。
ke.e.ki./wa./o.i.shi.ku./a.ri.ma.se.n.ka.
蛋糕不好吃嗎？

◆過去否定疑問句

1. 昨日のケーキはおいしかったですか。

ki.no.u./no./ke.e.ki./wa./o.i.shi.ka.tta./de.su.ka.
昨天的蛋糕不好吃嗎？

2. 昨日のケーキはおいしくありませんでした<ruby>昨日<rt>きのう</rt></ruby>

ki.no.u./no./ke.e.ki./wa./o.i.shi.ku./a.ri.ma.se.n./de.shi.ta.ka.
昨天的蛋糕不好吃嗎？

◆延伸句型─AはBがい形容詞です

あの<ruby>店<rt>みせ</rt></ruby>はケーキがおいしいです。

a.no./mi.se./wa./ke.e.ki./ga./o.i.shi.i./de.su.
那家店的蛋糕好吃。

な形容詞句總覽

　　な形容詞在使用時和名詞句類似，都是由最後的助動詞變化來決定時態和肯定否定。

非過去肯定：です

過去肯定：でした

非過去否定：ではありません／じゃありません

過去否定：ではありませんでした／じゃありませんでした

な形容詞＋名詞：な形容詞＋な＋名詞

な形容詞＋動詞：な形容詞＋に＋動詞

な形容詞＋形容詞：な形容詞＋で＋形容詞

例句

◆な形容詞

まじめ。
ma.ji.me.
認真。

◆な形容詞＋です

まじめです。
ma.ji.me.de.su.
認真。

◆な形容詞＋名詞

まじめな人です。
ma.ji.me.na./hi.to.de.su.
認真的人。

◆な形容詞（轉為副詞）＋動詞
まじめに勉強します。
ma.ji.me.ni./be.n.kyo.u.shi.ma.su.
認真的學習。

◆な形容詞＋形容詞
まじめできれいです。
ma.ji.me.de./ki.re.i.de.su.
既認真又漂亮。

◆非過去肯定句
彼はまじめです。
ka.re.wa./ma.ji.me./de.su.
他很認真。

◆過去肯定句
彼はまじめでした。
ka.re.wa./ma.ji.me./de.shi.ta.
他以前很認真。

◆非過去肯定疑問句
彼はまじめですか。
ka.re.wa./ma.ji.me./de.su.ka.
他很認真嗎？

◆過去肯定疑問句

彼はまじめでしたか。

ka.re.wa./ma.ji.me./de.shi.ta.ka.

他以前很認真嗎?

◆非過去否定句

1. 彼はまじめではありません。

ka.re./wa./ma.ji.me./de.wa./a.ri.ma.se.n.

他不認真。

2. 彼はまじめじゃありません。

ka.re./wa./ma.ji.me./ja.a.ri.ma.se.n.

他不認真。

◆過去否定句

1. 彼はまじめではありませんでした。

ka.re./wa./ma.ji.me./de.wa./a.ri.ma.se.n./de.shi.ta.

他以前不認真。

2. 彼はまじめじゃありませんでした。

ka.re./wa./ma.ji.me./ja.a.ri.ma.se.n./de.shi.ta.

他以前不認真。

◆非過去否定疑問句

1. 彼はまじめではありませんか。

ka.re./wa./ma.ji.me./de.wa./a.ri.ma.se.n.ka.

他不認真嗎?

2. 彼はまじめじゃありませんか。

ka.re./wa./ma.ji.me./ja.a.ri.ma.se.n.ka.

他不認真嗎?

◆過去否定疑問句

1. 彼はまじめではありませんでしたか。
ka.re./wa./ma.ji.me./de.wa./a.ri.ma.se.n./de.shi.ta.ka.
他以前不認真嗎？

2. 彼はまじめじゃありませんでしたか。
ka.re./wa./ma.ji.me./ja.a.ri.ma.se.n./de.shi.ta.ka.
他以前不認真嗎？

自動詞句總覽

說明

自動詞主要指的是「自然發生的動作」，不需要受詞。表示肯定、否定、過去等時態、肯否時，主要都是依後面「ます」的部分做變化。

非過去肯定：ます
過去肯定：ました
非過去否定：ません
過去否定：ませんでした

例句

◆非過去肯定句
雪が降ります。
yu.ki./ga./fu.ri.ma.su.
下雪。

◆過去肯定句
雪が降りました。
yu.ki./ga./fu.ri.ma.shi.ta.
下過雪了。

◆非過去肯定疑問句
雪が降りますか。
yu.ki./ga./fu.ri.ma.su.ka.
會下雪嗎？

◆過去肯定疑問句

雪が降りましたか。
yu.ki./ga./fu.ri.ma.shi.ta.ka.
下過雪嗎？

◆非過去否定句

雪が降りません。
yu.ki./ga./fu.ri.ma.se.n.
不會下雪。

◆過去否定句

雪が降りませんでした。
yu.ki./ga./fu.ri.ma.se.n./de.shi.ta.
沒有下過雪。

◆非過去否定疑問句

雪が降りませんか。
yu.ki./ga./fu.ri.ma.se.n.ka.
不下雪嗎？

◆非過去否定疑問句—詢問／邀請

行きませんか。
i.ki.ma.se.n.ka.
要去嗎？

◆過去否定疑問句

雪が降りませんでしたか。

yu.ki./ga./fu.ri.ma.se.n./de.shi.ta.ka.
之前沒下雪嗎？

◆移動動詞（1）具有方向和目的地
日本へ行きます。
ni.ho.n./e./i.ki.ma.su.
去日本。
日本に行きます。
ni.ho.n./ni./i.ki.ma.su.
去日本。

◆移動動詞（2）在某範圍內移動／通過某地點
空を飛びます。
so.ra./o./to.bi.ma.su.
在空中飛。

◆あります、います
部屋に犬がいます。
he.ya./ni./i.nu./ga./i.ma.su.
房間裡有狗。
部屋にベッドがあります。
he.ya./ni./be.ddo./ga./a.ri.ma.su.
房間裡有床。

▶ 他動詞句總覽

（說明）

　　他動詞指的是「可以驅使其他事物產生作用的動詞」。也可以說是因為要達成某一個目的而進行的動作。由此可知，在使用他動詞的時候，除了執行動作的主語之外，還會有一個產生動作的受詞，在受詞前面通常會加上助詞「を」。

　　而他動詞在做肯定、否定、過去等形態的變化時，和自動詞相同，表示肯定、否定、過去等時態、肯否時，主要都是依後面「ます」的部分做變化。

例句

◆非過去肯定句

かれ みず の
彼は水を飲みます。
ka.re./wa./mi.zu./o./no.mi.ma.su.
他喝水。

◆過去肯定句

かれ みず の
彼は水を飲みました。
ka.re./wa./mi.zu./o./no.mi.ma.shi.ta.
他喝了水。

◆非過去肯定疑問句

かれ みず の
彼は水を飲みますか。

ka.re./wa./mi.zu./o./no.mi.ma.su.ka.
他要喝水嗎？

◆過去肯定疑問句
彼は水を飲みましたか。
ka.re./wa./mi.zu./o./no.mi.ma.shi.ta.ka.
他喝水了嗎？

◆非過去否定句
彼は水を飲みません。
ka.re./wa./mi.zu./o./no.mi.ma.se.n.
他不喝水。

◆過去否定句
彼は水を飲みませんでした。
ka.re./wa./mi.zu.o./no.mi.ma.se.n./de.shi.ta.
他沒有喝水。

◆非過去否定疑問句
彼は水を飲みませんか。
ka.re./wa./mi.zu./o./no.mi.ma.se.n./ka.
他不喝水嗎？

水を飲みませんか。
mi.zu./o./no.mi.ma.se.n.ka.
（不）喝水嗎？/要喝水嗎？

◆過去否定疑問句
彼は水を飲みませんでしたか。
ka.re./wa./mi.zu./o./no.mi.ma.se.n./de.shi.ta.ka.

他沒有喝水嗎？

◆他動詞句＋行きます、来ます

水を飲みに行きます。
mi.zu./o./no.mi.ni./i.ki.ma.su.
去喝水。

水を飲みに来ます。
mi.zu./o./no.mi.ni./ki.ma.su.
來喝水。

◆自動詞句與他動詞句

風が吹きます。
ka.ze./ga./fu.ki.ma.su.
風吹拂。

口笛を吹きます。
ku.chi.bu.e./o./fu.e.ma.su.
吹口哨。

▶ 動詞ない形總覽

說明

　　ない形又稱為否定形，和「ません」不同的是，「ません」是表禮貌的句末用法，「ない形」則是常體的用法。變化方法如下：

	I類動詞	II類動詞	III類動詞
ます形	書きます	食べます	来ます/します
變化方式	語幹い段→ あ段+ない	ます→ない	来ない/しない
ない形	書かない	食べない	来ない/しない

（常體否定形）

▶ 動詞た形總覽

說明

た形又稱為常體過去形，變化方法如下：

	ます形	た形	なかった形
I類動詞	買います 書きます 飲みます 話します	買った 書いた 飲んだ 話した	買わなかった 書かなかった 飲まなかった 話さなかった
II類動詞	教えます	教えない	教えなかった
III類動詞	来ます します 勉強します	来た した 勉強した	来ない しなかった 勉強しなかった

▶ 動詞て形總覽

說 明

て形是屬於接續的用法，變化方法如下：

	ます形	て形
I類動詞	買います 書きます 飲みます 話します	買って 書いて 飲んで 話して
II類動詞	教えます	教えて
III類動詞	来ます します 勉強します	来て して 勉強して

Point.02

常體篇

▶ 「敬體」與「常體」

說明

　　我們學過的動詞敬語—「ます形」，以及在名詞句、形容詞句中用到的「です」，都是屬於「敬體」的一種。在日文中，為了表示尊重對方，於是在句子上加了很多華麗的裝飾，「敬體」就是其中一種。如果將這些敬體都拿掉，剩下的就是句子最原本的模樣，即「常體」。

　　「敬體」是在和不熟識的平輩、長輩說話時使用；而「常體」則是用在與平輩、熟識的朋友、晚輩溝通時，另外也可以用在沒有特定對象的寫作文章中。

　　「常體」除了可以用在溝通上的變化之外，許多文法上的句型表現，也多半是應用常體做變化，這時候的常體就和禮貌度沒有關係，而是單純文法上的形式。在接下來的章節中，將介紹各種常體的變化。

定義	敬體 禮貌的說法	常體 一般(較不禮貌)的說法
對象	長輩、不熟識的對象	熟識的對象、平輩、晚輩／寫文章
形式	名詞＋です 形容詞＋です 動詞＋ます	字典形 た形 ない形 なかった形
例	食べます(吃) 食べません(不吃) 食べました(吃過了) 食べませんでした(沒有吃)	食べる(吃) 食べない(不吃) 食べた(吃過了) 食べなかった(沒有吃)

▶ 名詞常體

說明

名詞的非過去常體，是在名詞後面，把「です」換成「だ」。否定形則是把「ではありません」換成「ではない」。過去式的「でした」換成「だった」。過去否定的「ではなかったです」換成「ではなかった」。

整理如下表：

	敬體	常體
非過去	先生です	先生だ
非過去否定	先生ではありません 先生じゃありません	先生ではない 先生じゃない
過去	先生でした	先生だった
過去否定	先生ではありませんでした 先生じゃありませんでした	先生ではなかった 先生じゃなかった

▶ い形容詞常體

○ 說 明

「い形容詞」的常體，只要把「です」去掉即可。
整理如下表：

	敬體	常體
非過去	おもしろいです	おもしろい
非過去否定	おもしろくないです	おもしろくない
過去	おもしろかったです	おもしろかった
過去否定	おもしろくなかったです	おもしろくなかった

な形容詞

　　な形容詞的變化和名詞一樣。非過去常體，是在名詞後面，把「です」換成「だ」。否定形則是把「ではありません」換成「ではない」。過去式的「でした」換成「だった」。過去否定的「ではなかったです」換成「ではなかった」。

　　整理如下表：

	敬體	常體
非過去	まじめです	まじめだ
非過去否定	まじめではありません まじめじゃありません	まじめではない まじめじゃない
過去	まじめでした	まじめだった
過去否定	まじめではありませんでした まじめじゃありませんでした	まじめではなかった まじめじゃなかった

▶ 動詞常體

說明

各類動詞常體的變化如下：

◆ I 類動詞（語幹最後一個字為い、ち、り）

	敬體	常體
非過去	買います	買う
非過去否定	買いません	買わない
過去	買いました	買った
過去否定	買いませんでした	買わなかった

◆ I 類動詞（語幹最後一個字為み、び、に）

	敬體	常體
非過去	飲みます	飲む
非過去否定	飲みません	飲まない
過去	飲みました	飲んだ
過去否定	飲みませんでした	飲まなかった

◆ I 類動詞（語幹最後一個字為し）

	敬體	常體
非過去	話します	話す
非過去否定	話しません	話さない
過去	話しました	話した
過去否定	話しませんでした	話さなかった

◆ I 類動詞（語幹最後一個字為き、ぎ）

	敬體	常體
非過去	書<ruby>書<rt>か</rt></ruby>きます	書<ruby>書<rt>か</rt></ruby>く
非過去否定	<ruby>書<rt>か</rt></ruby>きません	<ruby>書<rt>か</rt></ruby>かない
過去	<ruby>書<rt>か</rt></ruby>きました	<ruby>書<rt>か</rt></ruby>いた
過去否定	<ruby>書<rt>か</rt></ruby>きませんでした	<ruby>書<rt>か</rt></ruby>かなかった

◆ II 類動詞

	敬體	常體
非過去	<ruby>食<rt>た</rt></ruby>べます	<ruby>食<rt>た</rt></ruby>べる
非過去否定	<ruby>食<rt>た</rt></ruby>べません	<ruby>食<rt>た</rt></ruby>べない
過去	<ruby>食<rt>た</rt></ruby>べました	<ruby>食<rt>た</rt></ruby>べた
過去否定	<ruby>食<rt>た</rt></ruby>べませんでした	<ruby>食<rt>た</rt></ruby>べなかった

◆III類動詞—来ます

	敬體	常體
非過去	来ます	来る
非過去否定	来ません	来ない
過去	来ました	来た
過去否定	来ませんでした	来なかった

◆III類動詞—します

	敬體	常體
非過去	します	する
非過去否定	しません	しない
過去	しました	した
過去否定	しませんでした	しなかった

練習，
是學習語言的唯一途徑。

Point.03

使用常體的
表現(1)

▶ 1.行くらしいです。

i.ku./ra.shi.i./de.su.
好像要去。

▶ 2.行かないらしいです。

i.ka.na.i./ra.shi.i./de.su.
好像不去。

說明

「らしい」是「好像」的意思，基於自己接獲的情報、資訊而做出判斷的時候，就可以用「常體」＋「らしい」。但是在遇到「名詞」和「な形容詞」的時候，則要去掉常體的「だ」直接加上「らしい」。

句型是：

常體＋らしいです。

例句

彼は書くらしいです。

（動詞常體＋らしい）

ka.re./wa./ka.ku.ra.shi.i.de.su.

他好像要寫。

彼は書かないらしいです。

（動詞常體否定＋らしい）

ka.re./wa./ka.ka.na.i./ra.shi.i.de.su.

他好像不寫。

彼女は食べるらしいです。

（動詞常體＋らしい）

ka.no.jo./wa./ta.be.ru./ra.shi.i./de.su.

她好像要吃。

彼女は食べないらしいです。

（動詞常體否定＋らしい）

ka.no.jo./wa./ta.be.na.i./ra.shi.i./de.su.

她好像不吃。

山本さんは来るらしいです。

（動詞常體＋らしい）

ya.ma.mo.to./sa.n./wa./ku.ru./ra.shi.i./de.su.

山本先生好像要來。

山本さんは来ないらしいです。

（動詞常體否定＋らしい）

ya.ma.mo.to./sa.n./wa./ko.na.i./ra.shi.i./de.su.

山本先生好像不來。

あの人は弁護士らしいです。

（名詞不加だ＋らしい）

a.no.hi.to./wa./be.n.go.shi./ra.shi.i./de.su.

那個人好像是律師。

この辺は静からしいです。

（な形容詞不加だ＋らしい）

ko.no./he.n./wa./shi.zu.ka./ra.shi.i./de.su.

この附近好像很安靜。

この附近好像很安靜。

山田さんの 娘 さんは優しいらしいです。

（い形容詞＋らしい）

ya.ma.da./sa.n./no./mu.su.me.sa.n./wa./ya.sa.shi.i./
ra.shi.i./de.su.

山田先生的女兒好像很溫柔。

單字

娘 【女兒】
mu.su.me.

弁護士 【律師】
be.n.go.shi.

1.行くそうです。
い
i.ku./so.u.de.su.
聽說要去。

2.行かないそうです。
い
i.ka.na.i./so.u./de.su.
聽說不去。

説明

「そう」是「傳聞」、「聽說」的意思，表示自己從
新聞、別人口中等得到的資訊，原封不動的再次轉述給別
人聽時，就可以用下列句型來表示：
　　常體＋そうです

例句

彼は買うそうです。
かれ　か
（動詞常體＋そう）
ka.re./wa./ka.u.so.u./de.su.
聽說他要買。

彼は買わないそうです。
かれ　か
（動詞常體否定＋そう）
ka.re./wa./ka.wa.na.i./so.u./de.su.
聽說他不買。

田中さんは出るそうです。
たなか　　で

（動詞常體＋そう）

ta.na.ka./sa.n./wa./de.ru./so.u./de.su.

聽説田中先生會出席。

田中さんは出ないそうです。

（動詞常體否定＋そう）

ta.na.ka./sa.n./wa./de.na.i./so.u./de.su.

聽説田中先生不會出席。

先生は旅行するそうです。

（動詞常體＋そう）

se.n.se.i./wa./ryo.ko.u./su.ru./so.u./de.su.

聽説老師要去旅行。

先生は旅行しないそうです。

（動詞常體否定＋そう）

se.n.se.i./wa./ryo.ko.u./shi.na.i./so.u./de.su.

聽説老師不旅行。

田中さんは弁護士だそうです。

（名詞＋だ＋そう）

ta.na.ka./sa.n./wa./be.n.go.shi.da./so.u./de.su.

聽説田中先生是律師。

この辺は静かだそうです。

（な形容詞＋だ＋そう）

ko.no./he.n./wa./shi.zu.ka.da./so.u./de.su.

聽説這附近很安靜。

山田さんの娘さんは優しいそうです。

(い形容詞＋そう)

ya.ma.da./sa.n/no./mu.su.me./sa.n./wa./ya.sa.shi.i./
so.u./de.su.

聽説山田先生的女兒很温柔。

彼はアメリカ人だそうです。
ka.re.wa./a.me.ri.ka.ji.n.da./so.u./de.su.

聽説他是美國人。

イタリア製のものは高いそうです。
i.ta.ri.a.se.i.no./mo.no.wa./ta.ka.i./so.u./de.su.

聽説義大利製品很貴。

新幹線は便利だそうです。
shi.n.ka.n.se.n.wa./be.n.ri.da./so.u./de.su.

聽説新幹線很方便。

▶ 1.行くみたいです。
i.ku./mi.ta.i./de.su.
好像要去。

▶ 2.行かないみたいです。
i.ka.na.i./mi.ta.i./de.su.
好像不去。

説明

　「みたい」是「好像」的意思，和「らしい」不同的是，「みたい」依據自己的觀察所做出的結論。因此在以自己意見為主的主觀推測表達上，可以用「常體」＋「みたい」。但是在遇到「名詞」和「な形容詞」的時候，則要去掉常體的「だ」直接加上「みたい」。句型是：
　　常體＋みたいです

例句

田中さんは怒っているみたいです。

（動詞常體非過去＋みたい）

ta.na.ka./sa.n./wa./o.ko.tte./i.ru./mi.ta.i./de.su.
田中先生好像在生氣。

田中さんは怒っていないみたいです。

（動詞常體否定＋みたい）

ta.na.ka./sa.n./wa./o.ko.tte./i.na.i./mi.ta.i./de.su.
田中先生好像沒有生氣。

田中君は学校を辞めたみたいです。

（動詞常體過去＋みたい）

ta.na.ka./ku.n./wa./ga.kko.u./o./ya.me.te./mi.ta.i./de.su.

田中好像休學了。

風邪を引いたみたいです。

（動詞常體過去＋みたい）

ka.ze./o./hi.i.ta./mi.ta.i./de.su.

好像感冒了。

田中さんは甘いものが嫌いみたいです。

（な形容詞不加だ＋みたい）

ta.na.ka./sa.n./wa./a.ma.i./mo.no./ga./ki.ra.i./mi.ta.i./
de.su.

田中先生好像討厭甜食。

田中さんは辛いものが好きみたいです。

（な形容詞不加だ＋みたい）

ta.na.ka./sa.n./wa./ka.ra.i./mo.no./ga./su.ki./mi.ta.i./
de.su.

田中先生好像喜歡辣的食物。

あの人は近所の人みたいです。

（名詞不加だ＋みたい）

a.no.hi.to./wa./ki.n.jo./no./hi.to./mi.ta.i./de.su.

那個人好像是住附近的人。

このレストランはいいみたいです。

（い形容詞＋みたい）

ko.no./re.su.to.ra.n./wa./i.i./mi.ta.i./de.su.

那家餐廳好像很好。

單字

怒ります 【生氣】
o.ko.ri.ma.su.

風邪 【感冒】
ka.ze.

辞めます 【停止、辭去】
ya.me.ma.su.

甘い 【甜的】
a.ma.i.

辛い 【辣的】
ka.ra.i.

近所 【附近、鄰近】
ki.n.jo.

レストラン 【餐廳】
re.su.to.ra.n.

▶ 1.行くようです。
i.ku./yo.u./de.su.
好像要去。

▶ 2.行かないようです。
i.ka.na.i./yo.u./de.su.
好像不去。

説明

　　「よう」的意思和「みたい」一樣，都是表示推測。但是「よう」是比較正式的説法。而在接續的方法上，也是「常體」＋「よう」。而名詞和な形容詞的接續方法則是：「名詞」＋「の」＋「よう」；「な形容詞」＋「な」＋「よう」。句型是：

　　常體＋ようです

例句

彼は書くようです。

（動詞常體＋よう）

ka.re./wa./ka.ku./yo.u./de.su.
他好像要寫。

彼は書かないようです。

（動詞常體否定＋よう）

ka.re./wa./ka.ka.na.i./yo.u./de.su.
他好像不寫。

きのう、五百人が集まっていたようです。

（動詞常體＋よう）

ki.no.u./go.hya.ku.ni.n./ga./a.tsu.ma.tte./i.ta./yo.u./de.su.

昨天，好像聚集了五百個人。

風邪を引いてしまったようです。

（動詞常體過去＋よう）

ka.ze./o./hi.i.te./shi.ma.tta./yo.u./de.su.

好像感冒了。

こちらのカレーのほうがおいしいようです。

（い形容詞＋よう）

ko.chi.ra./no./ka.re.e./no./ho.u./ga./ o.i.shi.i./yo.u./de.su.

這邊的咖哩好像比較好吃。

あの人は学生ではないようです。

（名詞＋ではない＋よう）

a.no./hi.to./wa./ga.ku.se.i./de.wa.na.i./yo.u./de.su.

那個人好像不是學生。

あの人は学生のようです。

（名詞＋の＋よう）

a.no./hi.to./wa./ga.ku.se.i./no./yo.u./de.su.

那個人好像是學生。

田中さんは甘いものが好きなようです。

（な形容詞＋な＋よう）

ta.na.ka./sa.n./wa./a.ma.i.mo.no./ga./su.ki.na./yo.u./
de.su.
田中先生好像喜歡吃甜食。

カレー　【咖哩】
ka.re.e.

甘いもの　【甜食】
あま
a.ma.i./mo.no.

五百　【五百】
ごひゃく
go.hya.ku.

Point.04

使用常體的
表現(2)

▶ 1.行くことになりました。
i.ku./ko.to./ni./na.ri.ma.shi.ta.
結果要去。

▶ 2.行かないことになりました。
i.ka.na.i./ko.to./ni./na.ri.ma.shi.ta.
結果不能去。

說明

「ことになりました」是表示事情的結果演變成如此，是大家共同討論的結果，或者是自己無法控制的結果。由於是表現結果，故是使用「過去式」。如果是要接續名詞時，則要「名詞」＋「という」＋「ことになりました」。句型為：

　　常體＋ことになりました

例句

今度東京へ転勤することになりました。
ko.n.do./to.kyo.u./e./te.n.ki.n./su.ru./ko.to./ni./na.ri.ma.shi.ta.
結果這次要調職到東京。（調職非自己控制的結果）

始末書を書くことになりました。
si.ma.tsu.syo.u.o./ka.ku.ko.to.ni./na.ri.ma.si.ta.

結果要寫悔過書。（被迫要寫）

始末書を書かないことになりました。

shi.ma.tsu.sho./o./ka.ka.na.i./ko.to./ni./na.ri.ma.shi.ta.

結果不用寫悔過書。（非自己控制的結果）

話し合った結果、離婚ということになりま

した。

（離婚＋という＋ことになりました）

a.na.shi.a.tta./ke.kka./ri.ko.n./to.i.u./ko.to./ni./na.ri.
ma.shi.ta.

商量的結果，決定要離婚。（共同決定的結果，非個人決定）

誰も行きたくないので、一人で旅行するこ

とになりました。

da.re.mo./i.ki.ta.ku.na.i./no.de./hi.to.ri./de./ryo.ko.u./
su.ru.ko.to./ni./na.ri.ma.shi.ta.

因為沒有別人要去，結果要一個人去旅行。（迫於無奈的決定）

単字

話し合います 【彼此商量】
ha.na.shi.a.i.ma.su.

離婚します 【離婚】
ri.ko.n.shi.ma.su.

始末書 【悔過書】
shi.ma.tsu.sho.

▶ 1.行くつもりです。

i.ku.tsu.mo.ri.de.su.

打算要去。

▶ 2.行かないつもりです。

i.ka.na.i./tsu.mo.ri.de.su.

不打算去。

說明

「つもり」是「打算」「準備」的意思，表示自己打算要做某件事，或是不做某件事，句型為：

常體＋つもりです。

例句

書くつもりです。
ka.ku./tsu.mo.ri./de.su.
打算要寫。

書かないつもりです。
ka.ka.na.i./tsu.mo.ri.de.su.
不打算寫。

書くつもりはないです。
ka.ku./tsu.mo.ri./wa./na.i./de.su.
沒有寫的打算。（和上句類似）

買うつもりです。
ka.u./tsu.mo.ri./de.su.

打算買。

買わないつもりです。
ka.wa.na.i./tsu.mo.ri./de.su.
不打算買。

買うつもりはないです。
ka.u./tsu.mo.ri./wa./na.i./de.su.
沒有買的打算。（和上句類似）

来年日本へ旅行するつもりです。
ra.i.ne.n./ni.ho.n./e./ryo.ko.u./su.ru./tsu.mo.ri./de.su.
明年打算去日本旅行。

甘いものは、もう食べないつもりです。
a.ma.i./mo.no./wa./mo.u./ta.be.na.i./tsu.mo.ri./de.su.
準備從今後不再吃甜食。

勉強するつもりです。
be.n.kyo.u./su.ru./tsu.mo.ri./de.su.
打算用功念書。

話さないつもりです。
ha.na.sa.na.i./tsu.mo.ri./de.su.
不打算説。

▶ 1.行くと思います。

i.ku./to./o.mo.i.ma.su.

我想會去。

▶ 2.行かないと思います。

i.ka.na.i./to./o.mo.i.ma.su.

我想不會去。

說明

「思います」是表示自己主觀的看法，表示自己覺得會做什麼事，或是表達自己的意見時，表示「我覺得～」。在日語對話中，常會用「思います」委婉表達自己的意見。句型是：

　　常體＋と思います

例句

彼は書くと思います。

（動詞常體＋と思います）

ka.re./wa./ka.ku./to./o.mo.i.ma.su.

我覺得他會寫。

彼は書かないと思います。

（動詞常體否定＋と思います）

ka.re./wa./ka.ka.na.i./to./o.mo.i.ma.su.

我覺得他不會寫。

先生は来ると思います。

（動詞常體＋と思います）

se.n.se.i/wa./ku.ru./to./o.mo.i.ma.su.

我認為老師會來。

先生は来ないと思います。

（動詞常體否定＋と思います）

se.n.se.i/wa./ko.na.i./to./o.mo.i.ma.su.

我認為老師不會來。

正しいと思います。

（い形容詞＋と思います）

ta.da.shi.i./to./o.mo.i.ma.su.

我認為正確。

正しくないと思います。

（い形容詞否定＋と思います）

ta.da.shi.ku.na.i./to./o.mo.i.ma.su.

我認為不正確。

きれいだと思います。

（な形容詞＋だ＋と思います）

ki.re.i.da./to./o.mo.i.ma.su.

我覺得美麗。

きれいじゃないと思います。

（な形容詞否定＋と思います）

ki.re.i/ja.na.i./to./o.mo.i.ma.su.

我覺得不美麗。

あの人は山田さんだと思います。

（名詞＋だ＋と思います）

a.no.hi.to./wa./ya.ma.da.sa.n.da./to./o.mo.i.ma.su.
我覺得那個人是山田先生。

あの人は山田さんではないと思います。

（名詞否定＋と思います）

a.no.hi.to./wa./ya.ma.da.sa.n./de.wa.na.i./to./o.mo.i.ma.
su.
我覺得那個人不是山田先生。

單字

正しい 【正確的】
ta.da.shi.i.

1.行くだろうと思います。

i.ku./da.ro.u./to./o.mo.i.ma.su.

我覺得大概會去。

2.行かないだろうと思います。

i.ka.na.i./da.ro.u./to./o.mo.i.ma.su.

我覺得大概不會去。

說明

「だろう」是表示推測，也就是「大概～吧」的意思，再加上「思います」，即是「我覺得大概～吧」的意思。是表達自己的推測時所用的表現。在接續的方式上，動詞是「常體」＋「だろうと思います」，而形容詞和名詞則是去掉常體的「だ」，直接加上「だろうと思います」。

句型為：

常體＋だろうと思います。

例句

明日もきっといい天気だろうと思います。

a.shi.ta./mo./ki.tto./i.i.te.n.ki./da.ro.u./to./o.mo.i.ma.su.

我想明天大概也會是好天氣吧。

たぶんこの辺も静かだろうと思います。

ta.bu.n./ko.no.he.n./mo./shi.zu.ka./da.ro.u./to./o.mo.
i.ma.su.
這附近大概很安靜吧。

沖縄では、今はもう 暖 かいだろうと思い ます。

o.ki.na.wa./de.wa./i.ma.wa./mo.u./a.ta.ta.ka.i./da.ro.u./
to./o.mo.i.ma.su.
沖繩現在大概已經很暖和了吧。

彼はきっと書けるだろうと思います。

ka.re.wa./ki.tto./ka.ke.ru./da.ro.u./to./o.mo.i.ma.su.
我覺得他大概會寫吧。

彼はきっと書けないだろうと思います。

ka.re./wa./ki.tto./ka.ke.na.i./da.ro.u./to./o.mo.i.ma.su.
我覺得他大概不會寫吧。

▶ 1.行くかもしれません。

i.ku./ka.mo.shi.re.ma.se.n.

也許會去。

▶ 2.行かないかもしれません。

i.ka.na.i./ka.mo.shi.re.ma.se.n.

也許不會去。

說明

「かもしれません」是表示「可能」「說不定」的意思，表示自己也不確定。在接續的方式上，是「常體」+「かもしれません」；而「名詞」和「な形容詞」則是去掉常體的「だ」再加上「かもしれません」。

句型是：

常體＋かもしれません。

例句

あの人はここの社長かもしれません。

（名詞不加だ＋かもしれません）

a.no.hi.to./wa./ko.ko./no./sha.cho.u./ka.mo.shi.re.ma.se.n.

那個人說不定是這裡的社長。

そっちのほうが静かかもしれません。

（な形容詞不加だ＋かもしれません）

so.cchi./no./ho.u./ga./shi.zu.ka./ka.mo.shi.re.ma.se.n.
那邊説不定會比較安靜。

雪が降るかもしれません。

（動詞常體＋かもしれません）

yu.ki./ga./fu.ru./ka.mo.shi.re.ma.se.n.
説不定會下雪。

彼はもう寝ているかもしれません。

（動詞常體＋かもしれません）

ka.re.wa./mo.u./ne.te.i.ru./ka.mo.shi.re.ma.se.n.
他説不定已經睡了。

あの人は来ないかもしれません。

（動詞常體否定＋かもしれません）

a.no.hi.to./wa./ko.na.i./ka.mo.shi.re.ma.se.n.
那個人説不定不來了。

あの人は来るかもしれません。

（動詞常體＋かもしれません）

a.no./hi.to./wa./ku.ru./ka.mo.shi.re.ma.se.n.
那個人説不定會來。

このままでいいかもしれません。

（い形容詞＋かもしれません）

ko.no./ma.ma./de./i.i./ka.mo.shi.re.ma.se.n.
就照這樣説不定很好。

▶ 行くかどうかわかりません。

i.ku.ka./do.u.ka./wa.ka.ri.ma.se.n.

不知道會不會去。

說明

「～かどうか」是表示「要不要～」或「會不會～」，「かわかりません」則是「不知道」的意思。「～かどうかわかりません」全句意思即是「不知道會不會～」。

接續的方式是「常體」＋「かどうか」，但是「名詞」和「な形容詞」則要去掉常體的「だ」再加上「かどうか」。

句型是：
常體＋かどうかわかりません。

例句

書くかどうかわかりません。

（動詞常體＋かどうか）

ka.ku.ka./do.u.ka./wa.ka.ri.ma.se.n.

不知道寫不寫。

買うかどうかわかりません。

（動詞常體＋かどうか）

ka.u.ka./do.u.ka./wa.ka.ri.ma.se.n.

不知道買不買。

するかどうかわかりません。

（動詞常體＋かどうか）

su.ru.ka./do.u.ka./wa.ka.ri.ma.se.n.

不知道做不做。

できるかどうかわかりません。

（動詞常體＋かどうか）

de.ki.ru.ka./do.u.ka./wa.ka.ri.ma.se.n.

不知道辦不辦得到。

食べるかどうかわかりません。

（動詞常體＋かどうか）

ta.be.ru.ka./do.u.ka./wa.ka.ri.ma.se.n.

不知道吃不吃。

来るかどうかわかりません。

（動詞常體＋かどうか）

ku.ru.ka./do.u.ka./wa.ka.ri.ma.se.n.

不知道來不來。

彼は先生かどうかわかりません。

（名詞不加だ＋かどうか）

ka.re./wa./se.n.se.i.ka./do.u.ka./wa.ka.ri.ma.se.n.

不知道他是不是老師。

パソコンは便利かどうかわかりません。

（な形容詞不加だ＋かどうか）

pa.so.ko.n./wa./be.n.ri.ka./do.u.ka./wa.ka.ri.ma.se.n.
不知電腦便不便利。

テストは 難^{むずか}しいかどうかわかりません。

（い形容詞＋かどうか）

te.su.to./wa./mu.zu.ka.shi.i.ka./do.u.ka./wa.ka.ri.ma.
se.n.
不知道考試難不難。

単字

テスト 【考試、測驗】
te.su.to.

パソコン 【電腦】
pa.so.ko.n.

▶ 1.彼は行くと言いました。

ka.re./wa./i.ku./to./i.i.ma.shi.ta.

他說會去。

▶ 2.彼は行かないと言いました。

ka.re./wa./i.ka.na.i./to./i.i.ma.shi.ta.

他說不會去。

説明

「と言いました」是表示「說：〜」，通常用在敘述某人說了什麼話。句型是：
常體＋と言いました。

例句

彼は書くと言いました。

（動詞常體＋と言いました）

ka.re./wa./ka.ku./to./i.i.ma.shi.ta.

他說要寫。

彼は書かないと言いました。

（動詞常體否定＋と言いました）

ka.re./wa./ka.ka.na.i./to./i.i.ma.shi.ta.

他說不寫。

先生<ruby>せんせい</ruby>は行<ruby>い</ruby>くと言<ruby>い</ruby>いました。

（動詞常體＋と言いました）

se.n.se.i./wa./i.ku./to./i.i.ma.shi.ta.

老師説會去。

先生<ruby>せんせい</ruby>は行<ruby>い</ruby>かないと言<ruby>い</ruby>いました。

（動詞常體否定＋と言いました）

se.n.se.i./wa./i.ka.na.i./to./i.i.ma.shi.ta.

老師説不會去。

彼<ruby>かれ</ruby>はここは静<ruby>しず</ruby>かだと言いました。

（な形容詞＋だ＋と言いました）

ka.re./wa./ko.ko./wa./shi.zu.ka.da./to.i.i.ma.shi.ta.

他説這裡很安靜。

先生<ruby>せんせい</ruby>は彼<ruby>かれ</ruby>はいい学生<ruby>がくせい</ruby>だと言いました。

（名詞＋だ＋と言いました）

se.n.se.i./wa./ka.re./wa./i.i.ga.ku.se.i.da./to.i.i.ma.shi.ta.

老師説他是好學生。

社長<ruby>しゃちょう</ruby>はおいしいと言いました。

（い形容詞＋と言いました）

sha.cho.u./wa./o.i.shi.i./to.i.i.ma.shi.ta.

社長説好吃。

▶ 1.彼は行くと聞いています。

ka.re. /wa. /i.ku. /to. /ki.i.te. /i.ma.su.

聽説他要去。

▶ 2.彼は行かないと聞いています。

ka.re./wa./i.ka.na.i./to./ki.i.te./i.ma.su.

聽説他不去。

説明

「と聞いています」是「聽説」的意思，用在表示自己聽説了什麼事情。句型是：常體＋と聞いています

例句

彼はレポートを出すと聞いています。

（動詞常體＋と聞いています）

ka.re./wa./re.po.o.to./o./da.su./to./ki.i.te./i.ma.su.

聽説他要交報告。

彼はレポートを出さないと聞いています。

（動詞常體否定＋と聞いています）

ka.re./wa./re.po.o.to./o./da.sa.na.i./to./ki.i.te./i.ma.su.

聽説他不交報告。

ここは昔は公園だったと聞いています。

（名詞常體過去＋と聞いています）

ko.ko.wa./mu.ka.shi.wa./ko.u.e.n./da.tta./to./ki.i.te./
i.ma.su.

聽說這裡以前是公園。

先週のテストは難しかったと聞いています。

（い形容詞過去＋と聞いています）

se.n.shu.u./no./te.su.to./wa./mu.zu.ka.shi.ka.tta./to./
ki.i.te./i.ma.su.

聽說上週的考試很難。

スマホは便利だと聞いています。

（な形容詞＋だ＋と聞いています）

su.ma.ho./wa./be.n.ri.da./to.ki.i.te./i.ma.su.

聽說智慧型手機很方便。

練習，
是學習語言的唯一途徑。

Point.05

被動形

▶ 被動形－Ⅰ類動詞

說明

　　Ⅰ類動詞的被動形，是將動詞ます形的語幹，從「い段音」改成「あ段音」後，再加上「れ」。而被動形的動詞還是保有「ます」的形式。（被動形的常體則是將動詞ます形改成被動形後，再將ます改成る）

　　Ⅰ類動詞的被動形變化如下：

行きます

↓

行か　ます

（「か」行「い段音」的「き」→「あ段音」的「か」，即ki→ka）

↓

行かれます

（在「か」的後面再加上「れ」，即完成被動形）

↓

行かれる

（行かれます的常體）

　　此外，若是語幹的最後一個字是「い」的時候，則不是變成「あ」而是變成「わ」，例如：

誘います（邀請）→誘われます（被邀請）

單字

◆ （「い段音」→「あ段音」＋「れ」）

書きます→書かれます　(ki→ka)
ka.ki.ma.su./ka.ka.re.ma.su.

泳ぎます→泳がれます　(gi→ga)
o.yo.gi.ma.su./o.yo.ga.re.ma.su.

話します→話されます　(shi→sa)
ha.na.shi.ma.su./ha.na.sa.re.ma.su.

立ちます→立たれます　(chi→ta)
ta.chi.ma.su./ta.ta.re.ma.su.

呼びます→呼ばれます　(bi→ba)
yo.bi.ma.su./yo.ba.re.ma.su.

住みます→住まれます　(mi→ma)
su.mi.ma.su./su.ma.re.ma.su.

乗ります→乗られます　(ri→ra)
no.ri.ma.su./no.ra.re.ma.su.

使います→使われます　(i→wa)
tsu.ka.i.ma.su./tsu.ka.wa.re.ma.su.

例句

本を読みます。
ho.n./o./yo.mi.ma.su.
讀書。

↓

私の本を読まれます。
wa.ta.shi./no./ho.n./o./yo.ma.re.ma.su.
我的書被別人看了。

被動形　087

私 が笑います。
wa.ta.shi./ga./wa.ra.i.ma.su.
我在笑。

↓

私 が笑われます。
wa.ta.shi./ga./wa.ra.wa.re.ma.su.
我被別人笑。

被動形－II類動詞

說明

II類動詞的被動形，和可能動詞相同，是將動詞ます形的「ます」改成「られます」即可。（同樣的，被動形常體則將「ます」改成「る」即可）例如：

食べます
↓
食べ＋られます
（ます→られます）
↓
食べられます
↓
食べられる
（食べられます的常體）

單字

◆（ます→られます）

教えます→教えられます
o.shi.e.ma.su./o.shi.e.ra.re.ma.su.

掛けます→掛けられます
ka.ke.ma.su./ka.ke.ra.re.ma.su.

見せます→見せられます
mi.se.ma.su./mi.se.ra.re.ma.su.

捨てます→捨てられます

su.te.ma.su./su.te.ra.re.ma.su.

始めます→始められます
ha.ji.me.ma.su./ha.ji.me.ra.re.ma.su.

飽きます→飽きられます
a.ki.ma.su./a.ki.ra.re.ma.su.

起きます→起きられます
o.ki.ma.su./o.ki.ra.re.ma.su.

降ります→降りられます
o.ri.ma.su./o.ri.ra.re.ma.su.

見ます　→見られます
mi.ma.su./mi.ra.re.ma.su.

着ます　→着られます
ki.ma.su./ki.ra.re.ma.su.

例句

野菜を食べます。
ya.sa.i./o./ta.be.ma.su.
吃蔬菜。

↓

私の野菜を食べられました。
wa.ta.shi./no./ya.sa.i./o./ta.be.ra.re.ma.shi.ta.
我的蔬菜被吃了。

本を捨てます。
ho.n./o./su.te.ma.su.
丟掉書。

↓

私 の本が捨てられます。
わたし ほん す

wa.ta.shi./no./ho.n./ga./su.te.ra.re.ma.su.

我的書被丟掉。

私 がほめます。
わたし

wa.ta.shi./ga./ho.me.ma.su.

我稱讚別人。

↓

私 がほめられます。
わたし

wa.ta.shi./ga./ho.me.ra.re.ma.su.

我被別人稱讚。

▶ 被動形－III類動詞

說明

III類動詞的被動形變化如下：（常體只需將「ます」改成「る」即可）

来ます→来られます　（注意發音）

します→されます

勉強します→勉強されます

單字

来ます→来られます　　（注意發音）
ki.ma.su./ko.ra.re.ma.su.

します→されます
shi.ma.su./sa.re.ma.su.

勉強します→勉強されます
be.n.kyo.u.shi.ma.su./be.n.kyo.u.sa.re.ma.su.

質問します→質問されます
shi.tsu.mo.n.shi.ma.su./shi.tsu.mo.n.sa.re.ma.su.

説明します→説明されます
se.tsu.me.i.shi.ma.su./se.tsu.me.i.sa.re.ma.su.

紹介します→紹介されます
sho.u.ga.i.shi.ma.su./sho.u.ga.i.sa.re.ma.su.

案内します→案内されます
a.n.na.i.shi.ma.su./a.n.an.i.sa.re.ma.su.

うちに来ます。
u.chi./ni./ki.ma.su.
來家裡。

↓

うちに来られます。
u.chi./ni./ko.ra.re.ma.su.
別人來家裡。（有不快的意思）

友達に紹介します。
to.mo.da.chi./ni./sho.u.ka.i.shi.ma.su.
介紹給朋友

↓

友達に紹介されます。
to.mo.da.chi./ni./sho.u.ka.i.sa.re.ma.su.
被朋友介紹（給別人）。

本を出版します。
ho.n./o./shu.ppa.n.shi.ma.su.
出版書籍。

↓

本が出版されます。
ho.n./ga./shu.ppa.n.sa.re.ma.su.
書籍被出版。

Point.06

使用被動的
表現

▶ 私は先生に叱られました。

wa.ta.shi./wa./se.n.se.i./ni./shi.ka.ra.
re.ma.shi.ta.

我被老師罵了。

說明

「主詞は對方に被動動詞」是最基本的被動句句型。「に」是表示被誰，而「主詞」和「被動動詞」都是表示被動一方。如「私は先生に叱られました」一句中，可以先看其中「私は叱られました」的部分是表示「我被罵了」，但是是被誰罵呢？則是從句子中的「先生に」看出來是被老師罵了。下列的例句中，就以主動和被動的對照來表示兩者的關係。

被動句型為：
　　主詞　は　對方　に　被動動詞

例句

友達が私を笑いました。
to.mo.da.chi.ga./wa.ta.shi./o./wa.ra.i.ma.shi.ta.
朋友笑我。

（主詞：友達　受詞：私　動作：笑いました）

↓

私は笑われました。
wa.ta.shi./wa./wa.ra.wa.re.ma.shi.ta.
我被笑了。

（主詞：私　動作：笑われました）

私は友達に笑われました。
wa.ta.shi./wa./to.mo.da.chi./ni./wa.ra.wa.re.ma.shi.ta.
我被朋友笑。

（主詞：私　對方：友達　動作：笑われました）

先生が私をほめました。
se.n.se.i./ga./wa.ta.shi.o./ho.me.ma.shi.ta.
老師稱讚我。

（主詞：先生　受詞：私　動作：ほめました）

↓

私は先生にほめられました。
wa.ta.shi./wa./se.n.se.i./ni./ho.me.ra.re.ma.shi.ta.
我被老師稱讚。

（主詞：私　對方：先生　動作：ほめられました）

雨が降りました。
a.me./ga./fu.ri.ma.shi.ta.
下雨了。

（主詞：雨　動作：降りました）

↓

私は雨に降られました。
wa.ta.shi./wa./a.me./ni./fu.ra.re.ma.shi.ta.
我被雨淋。

（主詞：私　對方：雨　動作：降られました）

みなが田中さんを尊敬します。
mi.na./ga./ta.na.ka.sa.n./o./so.n.ke.i.shi.ma.su.

大家都尊敬田中先生。

（主詞：みな　受詞：田中さん　動作：尊敬します）

↓

田中さんは（みなに）尊敬されます。
ta.na.ka.sa.n./wa./mi.na.ni./so.n.ke.i.sa.re.ma.su.
田中先生被（大家）尊敬。

（主詞：田中さん　對方：みな　動作：尊敬されます）

出版社は本を出版しました。
shu.ppa.n.sha./wa./ho.n./o./shu.ppa.n.shi.ma.sh.ita.
出版社出版書。

（主詞：出版社　受詞：本　動作：出版しました）

↓

本は（出版社に）出版されました。
ho.n./wa./shu.ppa.n.sha./ni./shu.ppa.n.sa.re.ma.shi.ta.
書被出版社出版。

（主詞：本　對方：出版社　動作：出版されました）

彼はうちに来ました。
ka.re./wa./u.chi./ni./ki./ma.shi.ta.
他來我家。

（主詞：彼　動作：来ました）

↓

（私は）彼にうちに来られました。

wa.ta.shi./wa./ka.re./ni./u.chi./ni./ko.ra.re.ma.shi.ta.

（我被）他來家裡。

（主詞：私　對方：彼　動作：来られました）

彼 は 私 を 選びます。
ka.re.wa./wa.ta.shi.o./e.ra.bi.ma.su.

他選擇了我。

（主詞：彼　受詞：私　動作：選びます ）

↓

私 は彼に選ばれます。
wa.ta.shi.wa./ka.re.ni./e.ra.ba.re.ma.su.

我被他選上了。

（主詞：私　對方：彼　動作：選ばれます ）

単字

出版社　【出版社】
shu.ppa.n.sha.

尊敬します　【尊敬】
so.n.ke.i.shi.ma.su.

練習，
是學習語言的唯一途徑。

Point.07

意量形

▶ 意量形

說明

　　意量形又稱為「意志形」，是在表示自己本身的「意志」「意願」時所使用的形式。變化的形式可以分為：

1. 意量形—Ｉ類動詞
2. 意量形—ＩＩ類動詞
3. 意量形—ＩＩＩ類動詞

意量形－Ｉ類動詞

說明

　　Ｉ類動詞的意量形，是將動詞ます形語幹的最後一個字，從「い段」變為「お段」，然後再加上「う」。例如：

書きます　（ます形）

↓

書こ

（「か」行「い段音」的「き」→「お段」的「こ」；即ki→ko）

↓

書こ＋う

（加上「う」）

↓

書こう

（完成意量形）

單字

◆ （「い段音」→「お段音」＋「う」）

書<ruby>き<rt>か</rt></ruby>ます→書<ruby>こ<rt>か</rt></ruby>う　【寫→寫吧】
ka.ki.ma.su./ka.ko.u.

<ruby>泳<rt>およ</rt></ruby>ぎます→<ruby>泳<rt>およ</rt></ruby>ごう　【游泳→游吧】
o.yo.gi.ma.su./o.yo.go.u.

<ruby>話<rt>はな</rt></ruby>します→<ruby>話<rt>はな</rt></ruby>そう　【説話→説吧】

ha.na.shi.ma.su./ha.na.so.u.

立ちます→立とう　【站→站吧】
ta.chi.ma.su./ta.to.u.

呼びます→呼ぼう　【叫→叫吧】
yo.bi.ma.su./yo.bo.u.

住みます→住もう　【住→住吧】
su.mi.ma.su./su.mo.u.

乗ります→乗ろう　【搭乘→搭乘吧】
no.ri.ma.su./no.ro.u.

使います→使おう　【使用→用吧】
tsu.ka.i.ma.su./tsu.ka.o.u.

例句

学校へ行きます。
ga.kko.u./e./i.ki.ma.su.
去學校。

↓

学校へ行こう。
ga.kko.u./e./i.ko.u.
去學校吧。

プールで泳ぎます。
pu.u.ru./de./o.yo.gi.ma.su.
在游泳池游泳。

↓

プールで泳ごう。

pu.u.ru./de./o.yo.go.u.
打算在游泳池游泳／去游泳池游泳吧。

電車に乗ります。
de.n.sha./ni./no.ri.ma.su.
坐火車。

↓

電車に乗ろう。
de.n.sha./ni./no.ro.u.
打算坐火車／去坐火車吧。

いろいろな機能を使います。
i.ro.i.ro.na./ki.no.u.o./tsu.ka.i.ma.su.
使用各種功能。

↓

いろいろな機能を使おう。
i.ro.i.ro.na./ki.no.u.o./tsu.ka.o.u.
用各種功能吧。

▶ 意量形-II類動詞

説明

　　II類動詞的意量形，只要將動詞的ます去掉，再加上「よう」即完成變化。例如：

食べます
↓
食べ+よう
↓
食べよう

單字

◆ (ます→よう)

教えます→教えよう　　【教→教吧】
o.shi.e.ma.su./o.shi.e.yo.u.

掛けます→掛けよう　　【掛→掛吧】
ka.ke.ma.su./ka.ke.yo.u.

見せます→見せよう　　【給對方看→給對方看吧】
mi.se.ma.su./mi.se.yo.u.

捨てます→捨てよう　　【丟→丟吧】
su.te.ma.su./su.te.yo.u.

始めます→始めよう　　【開始→開始吧】
ha.ji.me.ma.su./ha.ji.me.yo.u.

寝ます→寝よう　【睡→睡吧】
ne.ma.su./ne.yo.u.

出ます→出よう　【出來→出來吧】
de.ma.su./de.yo.u.

います→いよう　【在→留下來吧】
i.ma.su./i.yo.u.

着ます→着よう　【穿→穿吧】
ki.ma.su./ki.yo.u.

起きます→起きよう　【起來→起來吧】
o.ki.ma.su./o.ki;.yo.u.

見ます→見よう　【看→看吧】
mi.ma.su./mi.yo.u.

降ります→降りよう　【下車→下車吧】
o.ri.ma.su./o.ri.yo.u.

例句

野菜を食べます。
ya.sa.i./o./ta.be.ma.su.
吃蔬菜。

↓

野菜を食べよう。
ya.sa.i./o.ta.be.yo.u.
打算吃蔬菜／吃蔬菜吧。

電車を降ります。
de.n.sha./o./o.ri.ma.su.

下火車。

↓

電車を降りよう。
de.n.sha./o./o.ri.yo.u.
打算下火車／下火車吧。

朝早く起きます。
a.sa./ha.ya.ku./o.ki.ma.su.
一大早起床。

↓

朝早く起きよう。
a.sa./ha.ya.ku./o.ki.yo.u.
打算早起／一起早起吧。

意量形-III類動詞

說明

III類動詞的意量形變化方法如下：
来ます→来（こ）よう （請注意發音）
します→しよう
勉強します→勉強しよう

單字

来ます→来よう 【來→來吧】
ki.ma.su./ko.yo.u.

します→しよう 【做→做吧】
shi.ma.su./shi.yo.u.

勉強します→勉強しよう 【念書→念書吧】
be.n.kyo.u.shi.ma.su./be.n.kyo.u.shi.yo.u.

洗濯します→洗濯しよう 【洗衣服→去洗衣服吧】
se.n.ta.ku.shi.ma.su./se.n.ta.ku.shi.yo.u.

質問します→質問しよう 【問問題→去問問題吧】
shi.tsu.mo.n.shi.ma.su./shi.tsu.mo.n.shi.yo.u.

説明します→説明しよう 【説明→説明吧】

se.tsu.me.i.shi.ma.su./se.i.tsu.me.i.shi.yo.u.

紹介します→紹介しよう 【介紹→介紹吧】

sho.u.ka.i.shi.ma.su./sho.u.ka.i.shi.yo.u.

結婚します→結婚しよう 【結婚→結婚吧】

ke.kko.n.shi.ma.su./ke.kko.n.shi.yo.u.

運動します→運動しよう 【運動→運動吧】

u.n.do.u.shi.ma.su./u.n.do.u.shi.yo.u.

参加します→参加しよう 【參加→參加吧】

sa.n.ka.shi.ma.su./sa.n.ka.shi.yo.u.

旅行します→旅行しよう 【旅行→去旅行吧】

ryo.ko.u.shi.ma.su./ryo.ko.u.shi.yo.u.

案内します→案内しよう 【介紹→來介紹吧】

a.n.na.i.shi.ma.su./a.n.na.i.shi.yo.u.

食事します→食事しよう 【吃飯→去吃飯吧】

例句

うちに来ます。
u.chi.ni.ki.ma.su.
來我家。

↓

うちに来よう
u.chi.ni.ko.yo.u.
來我家吧。

一緒に勉強します。
i.ssho.ni.be.n.kyo.u.shi.ma.su.
一起念書。

↓

一緒に勉強しよう。
i.ssho.ni.be.n.kyo.u.shi.yo.u.
打算一起念書／一起念書吧。

街を案内します。
ma.chi.o./a.n.na.i.shi.ma.su.
介紹附近的街道。

↓

街を案内しよう。
ma.chi./o./a.n.na.i.shi.yo.u.
打算介紹附近的街道／我為你介紹附近的街道吧。

練習，
是學習語言的唯一途徑。

Point.08

使用意量形的
表現

▶ 1.行こうか。
i.ko.u.ka.
要走了嗎？

▶ 2.行こう。
i.ko.u.
一起走吧！／我要走了。

說明

　　意量形除了可以用在表示自己的意志行動外，也可以用來表示請對方一起動作的意思。

　　在動詞的「非過去否定疑問句」中，我們曾經學過「休みましょうか」這樣的句型，意思是邀約對方「要不要一起休息？」之意，也就是請對方共同做某件事情時所使用的句型。而這樣的句型，如果要改成朋友之間「常體」的說法，就是用「意量形」的「休もう」來表示。

　　敬體：休みましょう。

　　常體：休もう。

例句

ワインを飲みましょうか。
wa.i.n./o./no.mi.ma.sho.u.ka.
喝杯葡萄酒吧？

ワインを飲もうか。
wa.i.n./o./no.mo.u.ka.

喝杯葡萄酒吧？

ワインを飲もう。
wa.i.n./o./no.mo.u.
喝葡萄酒吧！

じゃあ、帰りましょうか。
ja.a./ka.e.ri./ma.sho.u.ka.
那麼，要回去了嗎？／那麼，回去吧！

じゃあ、帰ろうか。
ja.a./ka.e.ro.u.ka.
那麼，要回去了嗎？

じゃあ、帰ろう。
ja.a./ka.e.ro.u.
那麼，回去吧！

さあ、食べましょう。
sa.a./ta.be.ma.sho.u.
那麼，開動吧！

さあ、食べようか。
sa.a./ta.be.yo.u.ka.
那麼，開動吧！／那麼，要開動了嗎？

さあ、食べよう。
sa.a./ta.be.yo.u.
那麼，開動吧！

ワイン 【紅酒】
wa.i.n.

▶ 行こうとしましたが。

i.ko.u./to.shi.ma.shi.ta.ga.
雖然試著要去。

說明

　　「意量形」＋「としました」，是表示「試著去做某件事」之意。通常使用這種句型時，後面會接上相反的結果，也就是「試著去做某件事，但沒有成功」之意。可以對照下面的例句來理解此句型的意思。（下列例句中的後半皆為「可能形」，可參考「可能表現」的章節。）

　　句型為：

　　意量形＋としました

例句

行こうとしましたが、行けませんでした。
i.ko.u./to./shi.ma.shi.ta.ga./i.ke.ma.se.n.de.shi.ta.
雖然試著去，但去不成。

（が：可是／行けません：沒辦法去）

読もうとしましたが、読めませんでした。
yo.mo.u./to./shi.ma.shi.ta./yo.me.ma.se.n.de.shi.ta.
雖然試著讀，但是沒辦法讀。

（が：可是／読めません：沒辦法讀）

歩こうとしましたが、歩けませんでした。

a.ru.ko.u./to./shi.ma.shi.ta.ga./a.ru.ke.ma.se.n.de.shi.ta.
雖然試著走，但是沒辦法走。

（が：可是／歩けません：沒辦法走）

食べようとしましたが、食べられませんでした。

ta.be.yo.u./to./shi.ma.shi.ta.ga./ta.be.ra.re.ma.se.n.de.shi.ta.

雖然試著吃，但沒辦法吃。

（が：可是／食べられません：沒辦法吃）

勉強しようとしましたが、できませんでした。

be.n.kyo.u.shi.yo.u./to./shi.ma.shi.ta.ga./de.ki.ma.se.n.de.shi.ta.

雖然試著念書，但是辦不到。

（が：可是／できません：辦不到）

寝ようとしても、寝られません。

ne.yo.u./to.sh.te.mo./ne.ra.re.ma.se.n.

即使試著睡，還是睡不著。

（としても：即使／寝られません：無法入睡）

忘れようとしても、忘れられません。

wa.su.re.yo.u./to.shi.te.mo./wa.ru.re.ra.re.ma.se.n.

即使試著忘記，還是忘不掉。

（としても：即使／忘れられません：無法忘記）

▶ 行こうと思っています。

i.ko.u./to./o.mo.tte./i.ma.su.

打算要去。

（説明）

「意量形」＋「と思っています」是表示「打算做某件事」的意思。在前面曾經提過「つもり」也是「打算」的意思，但不同的是，「つもり」前面是加上「常體」；「と思っています」的前面則是加上「意量形」。

句型是：

意量形＋と思っています。

（例句）

メールを送ろうと思っています。

me.e.ru./o./o.ku.ro.u./to./o.mo.tte./i.ma.su.

打算要寄電子郵件。

旅行しようと思っています。

ryo.ko.u.shi.yo.u./to./o.mo.tte./i.ma.su.

打算去旅行。

映画を見に行こうと思っています。

e.i.ga./o./mi.ni./i.ko.u./to./o.mo.tte./i.ma.su.

打算去看電影。

今週末はサッカーをしようと思っていま

す。
ko.n.shu.u.ma.tsu./wa./sa.kka.a./o./shi.yo.u./to./o.mo.
tte./i.ma.su.
本週末打算要去踢足球。

料理を作ろうと思っています。
ryo.u.ri./o./tsu.ku.ro.u./to./o.mo.tte./i.ma.su.
打算要做菜。

もっと勉強しようと思っています。
mo.tto./be.n.kyo.u.shi.yo.u./to./o.mo.tte./i.ma.su.
打算更努力。

早く寝ようと思っています。
ha.ya.ku./ne.yo.u./to./o.mo.tte./i.ma.su.
打算早點睡。

今晩この本を読もうと思っています。
ko.n.ba.n./ko.no.ho.n./o./yo.mo.u./to./o.mo.tte./i.ma.su.
今晚打算讀這本書。

友達と一緒に食事しようと思っています。
to.mo.da.chi./to./i.ssho.ni./shoku.ji.shi.yo.u./to./o.mo.tte./
i.ma.su.
打算和朋友一起吃飯。

練習，
是學習語言的唯一途徑。

Point.09

命令形

▶ 命令形

說明

命令形是用在命令別人做某件事時，由於命令的口氣通常是用在對方是小孩或是自己的平輩、晚輩時，所以要注意說話的對象和場合，才不會顯得不禮貌。接下來就介紹命令形的各種變化方式。

1. 命令形—Ⅰ類動詞
2. 命令形—Ⅱ類動詞
3. 命令形—Ⅲ類動詞

▶ 命令形－Ⅰ類動詞

說明

命令形的Ⅰ類動詞變化，是將ます形語幹最後一個字的由「い段」變成「え段」。例如：

行きます
↓
行き（去掉ます）
↓
（「か」行「い段音」的「き」→「え段音」的「け」，即ki→ke）
↓
行け

單字

◆（い段音→え段音）

書きます→書け　　（ki→ke）
ka.ki.ma.su./ka.ke.

泳ぎます→泳げ　　（gi→ge）
o.yo.gi.ma.su./o.yo.ge.

話します→話せ　　（shi→se）
ha.na.shi.ma.su./ha.na.se.

立ちます→立て　　（chi→te）
ta.chi.ma.su./ta.te.

住みます→住め　　（mi→me）

su.mi.ma.su./su.me.

乗ります→乗れ　　(ri→re)
no.ri.ma.su./no.re.

使います→使え　　(i→e)
tsu.ka.i.ma.su./tsu.ka.e

例句

学校へ行きます。
ga.kko.u./e./i.ki.ma.su.
去學校。

↓

学校へ行け。
ga.kko.u./e./i.ke.
命令你去學校！

この本を読みます。
ko.no./ho.n./o./yo.mi.ma.su.
讀這本書。

↓

この本を読め。
ko.no./ho.n./o./yo.me.
命令你讀這本書！

電車に乗ります。
de.n.sha./ni./no.ri.ma.su.
搭火車。

↓

でんしゃ の
電車に乗れ。
de.n.sha./ni./no.re.
命令你去搭火車！

はし
ゆっくり走ります。
yu.kku.ri./ha.shi.ri.ma.su.
跑得慢。

↓

はし
ゆっくり走れ。
yu.kku.ri./ha.shi.re.
跑慢一點！

かね だ
お金を出します。
o.ka.ne.o./da.shi.ma.su.
出錢。

↓

かね だ
お金を出せ。
o.ka.ne.o./da.se.
把錢拿出來！（命令對方出錢）

▶ 命令形−II類動詞

説明

II類動詞的命令形，是將動詞ます形的ます去掉，直接加上「ろ」即可。例如：

食べます

↓

食べ

（去掉ます）

↓

食べ＋ろ

↓

食べろ

單字

◆ （ます→ろ）

教えます→教えろ
o.shi.e.ma.su./o.shi.e.ro.

見せます→見せろ
mi.se.ma.su./mi.se.ro.

捨てます→捨てろ
su.te.ma.su./su.te.ro.

始めます→始めろ
ha.ji.ma.ma.su./ha.ji.me.ro.

起きます→起きろ
o.ki.ma.su./o.ki.ro.

o.ki.ma.su./o.ki.ro.

降ります→降りろ
o.ri.ma.su./o.ri.ro.

見ます→見ろ
mi.ma.su./mi.ro.

出ます→出ろ
de.ma.su./de.ro.

寝ます→寝ろ
ne.ma.su./ne.ro.

着ます→着ろ
ki.ma.su./ki.ro.

例句

野菜を食べます。
ya.sa.i./o./ta.be.ma.su.
吃蔬菜。

↓

野菜を食べろ。
ya.sa.i./o./ta.be.ro.
命令你吃蔬菜。

ここで降ります。
ko.ko./de./o.ri.ma.su.
在這裡下車。

↓

ここで降りろ。

ko.ko./de./o.ri.ro.
命令你在這裡下車。

早<ruby>く<rt>はや</rt></ruby>起きます。
ha.ya.ku./o.ki.ma.su.
早起。

↓

早<ruby>く<rt>はや</rt></ruby>起きろ。
ha.ya.ku./o.ki.ro.
命令你早起。

ゴミを捨てます。
go.mi.o./su.te.ma.su.
丟垃圾。

↓

ゴミを捨てろ。
go.mi.o./su.te.ro.
命令你把垃圾丟掉。

命令形－III類動詞

說明

III類動詞的命令形變化如下：
来ます→来い　（注意發音）
します→しろ
勉強します→勉強しろ

單字

来ます→来い
ki.ma.su./ko.i.

します→しろ
shi.ma.su./shi.ro.

勉強します→勉強しろ
be.n.kyo.u.shi.ma.su./be.n.kyo.u.shi.ro.

洗濯します→洗濯しろ
se.n.ta.ku.shi.ma.su./se.n.ta.ku.shi.ro.

質問します→質問しろ
shi.tsu.mo.n.shi.ma.su./shi.tsu.mo.n.shi.ro.

説明します→説明しろ
se.tsu.me.i.shi.ma.su./se.tsu.me.i.shi.ro.

紹介します→紹介しろ
sho.u.ka.i.shi.ma.su./sho.u.ka.i.shi.ro.

結婚します→結婚しろ

ke.kko.n.shi.ma.su./ke.kko.n.shi.ro.

運動します→運動しろ
u.n.do.u.shi.ma.su./u.n.do.u.shi.ro.

参加します→参加しろ
sa.n.ka.shi.ma.su./sa.n.ka.shi.ro.

旅行します→旅行しろ
ryo.ko.u.shi.ma.su./ryo.ko.u.shi.ro.

案内します→案内しろ
a.n.na.i.shi.ma.su./a.n.na.i.shi.ro.

食事します→食事しろ
sho.ku.ji.shi.ma.su./sho.ku.ji.shi.ro.

買い物します→買い物しろ
ka.i.mo.no.shi.ma.su./ka.i.mo.no.shi.ro.

例句

うちに来ます。
u.chi./ni./ki.ma.su.
來我家。

↓

うちに来い
u.chi./ni./ko.i.
命令你來我家。

一緒に勉強します。
i.ssho.ni./be.n.kyo.u./shi.ma.su.
一起念書。

↓

一緒に勉強しろ。
i.ssho.ni./be.n.kyo.u./shi.ro.
命令你和我一起念書。

街を案内します。
ma.chi./o./a.n.na.i./shi.ma.su.
介紹附近的街道。

↓

街を案内しろ。
ma.chi./o./a.n.na.i./shi.ro.
命令你介紹附近的街道。

練習，
是學習語言的唯一途徑。

Point.10

可能形

▶ 可能形概說

說明

可能形是用在表現自己的能力，比如說「可能做到某件事」「能夠完成某件事」時，就是用可能形來表現。下面會介紹動詞的可能形變化：

1. 可能形—I類動詞
2. 可能形—II類動詞
3. 可能形—III類動詞

可能形－ I 類動詞

說明

I 類動詞的可能形變化和命令形很像，都是將動詞ま
す形的語幹，從「い段音」改成「え段音」。但是不同的
是，可能形的動詞還是保有「ます」的形式。（可能形的
常體則是將動詞ます形改成可能形後，再將ます改成る）

I 類動詞的可能形變化如下：

行きます

↓

行けます

（「か」行「い段音」的「き」→「え段音」的
「け」，即ki→ke）

↓

行ける

（行けます的常體）

單字

◆（「い段音」→「え段音」）

書きます→書けます　（ki→ke）
ka.ki.ma.su./ka.ke.ma.su.

泳ぎます→泳げます　（gi→ge）
o.yo.gi.ma.su./o.yo.ge.ma.su.

話します→話せます　（shi→se）
ha.na.shi.ma.su./ha.na.se.ma.su.

立ちます→立てます　(chi→te)
ta.chi.ma.su./ta.te.ma.su.

呼びます→呼べます　(bi→be)
yo.bi.ma.su./yo.be.ma.su.

住みます→住めます　(mi→me)
su.mi.ma.su./su.me.ma.su.

乗ります→乗れます　(ri→re)
no.ri.ma.su./no.re.ma.su.

使います→使えます　(i→e)
tsu.ka.i.ma.su./tsu.ka.e.ma.su.

例句

学校へ行きます。
ga.kko.u./e./i.ki.ma.su.
去學校。

↓

学校へ行けます。
ga.kko.u./e./i.ke.ma.su.
會去學校。

本を読みます。
ho.n./o./yo.mi.ma.su.
讀書。

↓

本が読めます。
ho.n./ga./yo.me.ma.su.

看得懂書。

電車に乗ります。
de.n.sha./ni./no.ri.ma.su.
搭火車。

↓

電車に乗れます。
de.n.sha./ni./no.re.ma.su.
會搭火車。

道具を使います。
do.u.gu.o./tsu.ka.i.ma.su.
用工具。

↓

道具を使えます。
do.u.gu.ga./tsu.ka.e.ma.su.
會使用工具。

單字

道具 【工具】
do.u.gu.

▶ 可能形－II類動詞

説明

II類動詞的可能形，是將動詞ます形的「ます」改成「られます」即可。（同樣的，可能形常體則將「ます」改成「る」即可）例如：

食べます

↓

食べ＋られます

（ます→られます）

↓

食べられます

↓

食べられる

（食べられます的常體）

單字

◆ （ます→られます）

教えます→教えられます
o.shi.e.ma.su./o.shi.e.ra.re.ma.su.

掛けます→掛けられます
ka.ke.ma.su./ka.ke.ra.re.ma.su.

見せます→見せられます
mi.se.ma.su./mi.se.ra.re.ma.su.

捨てます→捨てられます

su.te.ma.su./su.te.ra.re.ma.su.

始めます→始められます
ha.ji.me.ma.su./ha.ji.me.ra.re.ma.su.

飽きます→飽きられます
a.ki.ma.su./a.ki.ra.re.ma.su.

起きます→起きられます
o.ki.ma.su./o.ki.ra.re.ma.su.

生きます→生きられます
i.ki.ma.su./i.ki.ra.re.ma.su.

降ります→降りられます
o.ri.ma.su./o.ri.ra.re.ma.su.

見ます　→見られます
mi.ma.su./ mi.ra.re.ma.su.

出ます　→出られます
de.ma.su./de.ra.re.ma.su.

寝ます　→寝られます
ne.ma.su./ne.ra.re.ma.su.

着ます　→着られます
ki.ma.su./ki.ra.re.ma.su.

例句

野菜を食べます。
ya.sa.i./o./ta.be.ma.su.
吃蔬菜。

↓

野菜が食べられます。
ya.sa.i./ga./ta.be.ra.re.ma.su.
可以吃蔬菜。

ここで降ります。
ko.ko./de./o.ri.ma.su.
在這裡下車。

↓

ここで降りられます。
ko.ko./de./o.ri.ra.re.ma.su.
可以在這裡下車。

早く起きます。
ha.ya.ku./o.ki.ma.su.
早起。

↓

早く起きられます。
ha.ya.ku./o.ki.ra.re.ma.su.
可以早起。

可能形－III類動詞

說明

III類動詞的可能形變化如下：（常體只需將「ま
す」改成「る」即可）
来ます→来られます　（注意發音）
します→できます
勉強します→勉強できます

單字

来ます→来られます　（注意發音）
ki.ma.su./ko.ra.re.ma.su.

します→できます
shi.ma.su./de.ki.ma.su.

勉強します→勉強できます
be.n.kyo.u.shi.ma.su./be.n.kyo.u.de.ki.ma.su.

洗濯します→洗濯できます
se.n.ta.ku.shi.ma.su./se.n.ta.ku.de.ki.ma.su.

質問します→質問できます
shi.tsu.mo.n.shi.ma.su./shi.tsu.mo.n.de.ki.ma.su.

説明します→説明できます
se.tsu.me.i.shi.ma.su./se.tsu.me.i.de.ki.ma.su.

紹介します→紹介できます
sho.u.ka.i.shi.ma.su./sho.u.ka.i.de.ki.ma.su.

結婚します→結婚できます
ke.kko.n.shi.ma.su./ke.kko.n.de.ki.ma.su.

運動します→運動できます
u.n.do.u.shi.ma.su./u.n.do.u.de.ki.ma.su.

参加します→参加できます
sa.n.ka.shi.ma.su./sa.n.ka.de.ki.ma.su.

旅行します→旅行できます
ryo.ko.u.shi.ma.su./ryo.ko.u.de.ki.ma.su.

案内します→案内できます
a.n.na.i.shi.ma.su./a.n.na.i.de.ki.ma.su.

食事します→食事できます
sho.ku.ji.shi.ma.su./sho.ku.ji.de.ki.ma.su.

買い物します→買い物できます
ka.i.mo.no.shi.ma.su./ka.i.mo.no.de.ki.ma.su.

例句

会社に来ます。
ka.i.sha./ni./ki.ma.su.
來公司。

↓

会社に来られます。
ka.i.sha./ni./ko.ra.re.ma.su.
可以來公司。

一緒に勉強します。
i.ssho./ni./be.n.kyo.u.shi.ma.su.

一起念書。

↓

一緒に勉強できます。
i.ssho./ni./be.n.kyo.u.de.ki.ma.su.
可以一起念書。

街を案内します。
ma.chi./o./a.n.na.i.shi.ma.su.
介紹附近的街道。

↓

街が案内できます。
ma.chi./ga./a.n.na.i./de.ki.ma.su.
能夠介紹附近的街道。

正しく説明します。
ta.da.shi.ku./se.tsu.me.i./shi.ma.su.
正確地説明。

↓

正しく説明できます。
ta.da.shi.ku./se.tsu.me.i./de.ki.ma.su.
能正確地説明。

練習，
是學習語言的唯一途徑。

Point.11

使用可能形
的表現

▶ 日本語が書けます。

ni.ho.n.go./ga./ka.ke.ma.su.
會寫日語。

說明

　　可能動詞句的句型，基本上和自動詞句相同，需要注意的是，當「他動詞」改成「可能動詞」之後，原本「他動詞句」中，表示受詞的「を」，在「可能動詞句」中，就要變成「が」。

例句

お酒を飲みます。
o.sa.ke./o./no.mi.ma.su.
喝酒。

↓

お酒が飲めます。
o.sa.ke./ga./no.me.ma.su.
可以喝酒。

家を買います。
i.e./o./ka.i.ma.su.
買房子。

↓

家が買えます。
i.e./ga./ka.e.ma.su.
買得起房子。

山を見ます。
ya.ma./o./mi.e.ma.su.
看著山。

↓

山が見えます。
ya.ma./ga./mi.e.ma.su.
可以看見山。

（見えます：自然進入視野）

この番組がやっと見られます。
ko.no./ba.n.gu.mi./ga./ya.tto./mi.ra.re.ma.su.
終於可以看到這個節目。

（見られます：刻意去看而且可以看得到）

音を聞きます。
o.to./o./ki.ki.ma.su.
聽聲音。

↓

音が聞こえます。
o.to./ga./ki.ko.e.ma.su.
可以聽到聲音。

（聞こえます：自然地聽見）

新曲がやっと聞けます。
shi.n.kyo.ku./ga./ya.tto./ki.ke.ma.su.
終於可以聽到新歌了。

（聞けます：刻意去聽而可以聽見）

單字

家 【家、房子】
いえ
i.e.

山 【山】
やま
ya.ma.

番組 【電視節目】
ばんぐみ
ba.n.gu.mi.

音 【非生物發出的聲音】
おと
o.to.

新曲 【新歌、新曲】
しんきょく
shi.n.kyo.ku.

Point.12

使役形

▶ 使役形－Ｉ類動詞

說明

　　所謂的使役，就是要求或讓別人做某件事情，但和命令形不同的是，使役形依照句子中助詞的不同，可以分成發出命令的人和被使役的對象。（在後面的使役句中會做介紹）

　　Ｉ類動詞的使役形，是將動詞ます形的語幹，從「い段音」改成「あ段音」後，再加上「せ」。而被動形的動詞還是保有「ます」的形式。（使役形的常體則是將動詞ます形改成可能形後，再將ます改成る）

　　Ｉ類動詞的可能形變化如下：

行きます

↓

行か　ます

（「か」行「い段音」的「き」→「あ段音」的「か」，即ki→ka）

↓

行かせます

（在「か」的後面再加上「せ」，即完成使役形）

↓

行かせる

（行かせます的常體）

　　此外，若是語幹的最後一個字是「い」的時候，則不是變成「あ」而是變成「わ」，例如：

歌います（唱歌）→歌わせます（叫對方唱歌）

單字

◆ (「い段音」 → 「あ段音」 + 「せ」)

書きます→書かせます　　(ki→ka)
ka.ki.ma.su./ka.ka.se.ma.su.

泳ぎます→泳がせます　　(gi→ga)
o.yo.gi.ma.su./o.yo.ga.se.ma.su.

話します→話させます　　(shi→sa)
ha.na.shi.ma.su./ha.na.sa.se.ma.su.

立ちます→立たせます　　(chi→ta)
ta.chi.ma.su./ta.ta.se.ma.su.

呼びます→呼ばせます　　(bi→ba)
yo.bi.ma.su./yo.ba.se.ma.su.

住みます→住ませます　　(mi→ma)
su.mi.ma.su./su.ma.se.ma.su.

乗ります→乗らせます　　(ri→ra)
no.ri.ma.su./no.ra.se.ma.su.

使います→使わせます　　(i→wa)
tsu.ka.i.ma.su./tsu.ka.wa.se.ma.su.

例句

学校へ行きます。
ga.kko.u./e./i.ki.ma.su.
去學校。

↓

がっこう い
学校へ行かせます。
ga.kko.u./e./i.ka.se.ma.su.
叫對方去學校。

ほん よ
本を読みます。
ho.n./o./yo.mi.ma.su.
讀書。

↓

ほん よ
本を読ませます。
ho.n./o./yo.ma.se.ma.su.
叫對方讀書。

わたし うた
私 が歌います。
wa.ta.shi./ga./u.ta.i.ma.su.
我唱歌。

↓

わたし うた
私 が歌わせます。
wa.ta.shi./ga./u.ta.wa.se.ma.su.
我叫對方唱歌。

▶ 使役形-II類動詞

説明

　II類動詞的使役形，是將動詞ます形的「ます」改成「させます」即可。（同樣的，可能形常體則將「ます」改成「る」即可）例如：

食べます
↓
食べ＋させます
（ます→させます）
↓
食べさせます
↓
食べさせる
（食べさせます的常體）

單字

◆（ます→させます）

教えます→教えさせます
o.shi.e.ma.su./o.shi.e.sa.se.ma.su.

掛けます→掛けさせます
ka.ke.ma.su./ka.ke.sa.se.ma.su.

見せます→見せさせます
mi.se.ma.su./mi.se.sa.se.ma.su.

捨てます→捨てさせます

su.te.ma.su./su.te.sa.se.ma.su.

始めます→始めさせます
ha.ji.me.ma.su./ha.ji.me.sa.se.ma.su.

飽きます→飽きさせます
a.ki.ma.su./a.ki.sa.se.ma.su.

起きます→起きさせます
o.ki.ma.su./o.ki.sa.se.ma.su.

降ります→降りさせます
o.ri.ma.su./o.ri.sa.se.ma.su.

見ます →見させます
mi.ma.su./mi.sa.se.ma.su.

着ます →着させます
ki.ma.su./ki.sa.se.ma.su.

例句

野菜を食べます。
ya.sa.i./o./ta.be.ma.su.
吃蔬菜。

↓

野菜を食べさせます。
ya.sa.i./o./ta.be.sa.se.ma.su.
叫對方吃蔬菜。

本を捨てます。
ho.n./o./su.te.ma.su.
丟掉書。

↓

本を捨てさせます。
ho.n./o./su.te.sa.se.ma.su.
叫對方丟掉書。

私が調べます。
wa.ta.shi./ga./shi.ra.be.ma.su.
我調查。

↓

私が調べさせます。
wa.ta.shi./ga./shi.ra.be.sa.se.ma.su.
我叫對方去調查。

▶ 使役形−III類動詞

說明

　　III類動詞的使役形變化如下：（常體只需將「ます」改成「る」即可）
　　来ます→来させます　　（注意發音）
　　します→させます
　　勉強します→勉強させます

單字

来ます→来させます
ki.ma.su./ko.sa.se.ma.su.

します→させます
shi.ma.su./sa.se.ma.su.

勉強します→勉強させます
be.n.kyo.u.shi.ma.su./be.n.kyo.u.sa.se.ma.su.

洗濯します→洗濯させます
se.n.ta.ku.shi.ma.su./se.n.ta.ku.sa.se.ma.su.

質問します→質問させます
shi.tsu.mo.n.shi.ma.su./shi.tsu.mo.n.sa.se.ma.su.

説明します→説明させます
se.tsu.me.i.shi.ma.su./se.tsu.me.i.sa.se.ma.su.

紹介します→紹介させます
sho.u.ka.i.shi.ma.su./sho.u.ka.i.sa.se.ma.su.

案内します→案内させます
a.n.na.i.shi.ma.su./a.n.na.i.sa.se.ma.su.

例句

ここに来ます。
ko.ko./ni./ki.ma.su.
來這裡。

↓

ここに来させます。
ko.ko./ni./ko.sa.se.ma.su.
叫對方來這裡。

友達を紹介します。
to.mo.da.chi./o./sho.u.ka.i./shi.ma.su.
介紹朋友。

↓

友達を紹介させます。
to.mo.da.chi./o./sho.u.ka.i./sa.se.ma.su.
叫對方介紹朋友。

数学を勉強します。
su.u.ga.ku./o./be.n.kyo.u./shi.ma.su.
學數學。

↓

数学を勉強させます。
su.u.ga.ku./o./be.n.kyo.u./sa.se.ma.su.
叫對方學數學。

Point.13

使用使役形
的表現

▶ 先生は学生に漢字を覚えさせました。

せんせい　がくせい　かんじ　おぼ

se.n.se.i./wa./ga.ku.se.i./ni./ka.n.ji./o./o.bo.e.sa.se.ma.shi.ta.

老師叫學生記住漢字。

說明

「先生は学生に漢字を覚えさせました」，此句的主詞是「先生」而受詞是「学生」內容是「漢字」，使役動詞是「覚えさせました」。句型為：

　　主詞は對象に內容を使役動詞

例句

ちち　おとうと　やさい　た
父は弟に野菜を食べさせました。
chi.chi./wa./o.to.u.to./ni./ya.sa.i./o./ta.be.sa.se.ma.shi.ta.
爸爸叫弟弟吃蔬菜。

ともだち　わたし　え　か
友達は私に絵を描かせました。
to.mo.da.chi./wa./wa.ta.shi./ni./e./o./ka.ka.se.ma.shi.ta.
朋友要求我畫畫。

じょうし　わたし　つく
上司は私にレポートを作らせました。
jo.u.shi./wa./wa.ta.shi./ni./re.po.o.to./o./tsu.ku.ra.se.ma.shi.ta.
上司要求我做報告。

友達は彼にお酒を飲ませました。
to.mo.da.chi./wa./ka.re./ni./o.sa.ke./o.no.ma.se.ma.shi.
ta.
朋友叫他喝酒。

先生は私に研究室に来させました。
se.n.se.i./wa./wa.ta.shi./ni./ke.n.kyu.u.shi.tsu./ni./ko.sa.
se.ma.shi.ta.
老師叫我來研究室。

母は私に部屋を掃除させました。
ha.ha.wa./wa.ta.si.ni./he.ya.o./so.u.zi.sa.se.ma.si.ta.
媽媽叫我打掃房間。

單字

上司　【主管】
jo.u.shi.
研究室　【研究室】
ke.n.kyu.u.shi.tsu.

▶ 休^{やす}ませていただけませんか。

ya.su.ma.se.te./i.ta.da.ke.ma.se.n.ka.

可以讓我請假嗎？

説明

　　委婉地請求許可時，通常使用「～使役形+ていただけませんか」的句型。

例句

体^{たいちょう}調が悪^{わる}いので、今日^{きょう}は休^{やす}ませていただけませんか。

ta.i.cho.u.ga./wa.ru.i.no.de./kyo.u.wa./ya.su.ma.se.te./i.ta.da.ke.ma.se.n.ka.

我今天身體不舒服，可以讓我休息（請假）嗎？

すみません。電話^{でんわ}を使^{つか}わせていただけませんか。

su.mi.ma.se.n./de.n.wa.o./tsu.ka.wa.se.te./i.ta.da.ke.ma.se.n.ka.

不好意思，可以讓我使用電話嗎？

熱^{ねつ}があるので、家^{いえ}へ帰^{かえ}らせていただけませんか。

ne.tsu.ga./a.ru.no.de./i.e.e./ka.e.ra.se.te./i.ta.da.ke.ma.se.n.ka.

我發燒了，可以讓我回家嗎？

写真を撮らせていただけませんか。
しゃしん と
sha.shi.n.o./to.ra.se.te./i.ta.da.ke.ma.se.n.ka.
可以讓我拍照嗎？

無料でデータを使わせていただけませんか。
むりょう つか
mu.ryo.u.de./de.e.ta.o./tsu.ka.wa.se.te./i.ta.da.ke.ma.se.n.ka.
可以免費讓我使用資料（數據）嗎？

言わせていただけませんか。
い
i.wa.se.te./i.ta.da.ke.ma.se.n.ka.
可以讓我説嗎？

ポスターを貼らせていただけませんか。
は
po.su.ta.a.o./ha.ra.se.te./i.ta.da.ke.ma.se.n.ka.
可以讓我貼海報嗎？

單字

体調 【健康狀況、身體狀況】
たいちょう
ta.i.cho.u.

無料 【免費】
むりょう
mu.ryo.u.

データ 【資料、數據】
de.e.ta.

ポスター 【海報】
po.su.ta.a.

練習，
是學習語言的唯一途徑。

Point.14

使役被動形

▶ 使役被動形－Ⅰ類動詞

說明

所謂的使役被動，就是被要求做某件事情，但和使役形不同的是，使役形是要求對方，而使役被動則是被要求。（在後面的使役被動句中會做介紹）

Ⅰ類動詞的使役被動形，是將動詞ます形的語幹，從「い段音」改成「あ段音」後，再加上「され」。而被動形的動詞還是保有「ます」的形式。（使役形的常體則是將動詞ます形改成可能形後，再將ます改成る）

Ⅰ類動詞的可能形變化如下：

行きます

↓

行か　ます

（「か」行「い段音」的「き」→「あ段音」的「か」，即ki→ka）

↓

行かされます

（在「か」的後面再加上「せ」，即完成使役被動形）

↓

行かされる

（行かされます的常體）

此外，若是語幹的最後一個字是「い」的時候，則不是變成「あ」而是變成「わ」，例如：

歌います（唱歌）→歌わされます（被要求唱歌／被

迫唱歌)

此外，I類動詞的被動使役有兩種通用的寫法，除了上述的這種外，還有另一種是：

行きます

↓

行か　ます

（「か」行「い段音」的「き」→「あ段音」的「か」，即ki→ka）

↓

行かせられます

（在「か」的後面再加上「せられ」，即完成使役被動形）

↓

行かせられる

（行かせられます的常體）

如果語幹是し結尾的I類動詞，如話します、離します等，在變成使役被動形的時候，就要用「あ段＋せられます」的變化方式。

単字

◆「い段音」→「あ段音」＋「され」／

「あ段音」＋「せられ」

書きます→書かされます／書かせられます
ka.ki.ma.su./ka.ka.sa.re.ma.su./ka.ka.se.ra.re.ma.su.

泳ぎます→泳がされます／泳がせられます
o.yo.gi.ma.su./o.yo.ga.sa.re.ma.su./o.yo.ga.se.ra.re.ma.su.

話します→話させられます
ha.na.shi.ma.su./ha.na.sa.se.ra.re.ma.su.

立ちます→立たされます／立たせられます
ta.chi.ma.su./ta.ta.sa.re.ma.su./ta.ta.se.ra.re.ma.su.

呼びます→呼ばされます／呼ばせられます
yo.bi.ma.su./yo.ba.sa.re.ma.su./yo.ba.se.ra.re.ma.su.

住みます→住まされます／住ませられます
su.mi.ma.su./su.ma.sa.re.ma.su.

乗ります→乗らされます／乗らせられます
no.ri.ma.su./no.ra.sa.re.ma.su.

使います→使わされます／使わせられます
tsu.ka.i.ma.su./tsu.ka.wa.sa.re.ma.su.

例句

学校へ行きます。
ga.kko.u./e./i.ki.ma.su.
去學校。

↓

学校へ行かされます。
ga.kko.u./e./i.ka.sa.re.ma.su.
被要求去學校。

本を読みます。
ho.n./o./yo.mi.ma.su.
讀書。

↓

本を読まされます。
ho.n./o./yo.ma.sa.re.ma.su.
被要求讀書。

私 が歌います。
wa.ta.shi./ga./u.ta.i.ma.su.
我唱歌。

↓

私 が歌わされます。
wa.ta.shi./ga./u.ta.wa.sa.re.ma.su.
我被要求唱歌。

電車に乗ります。
de.n.sha.ni./no.ri.ma.su.
坐火車。

↓

電車に乗らされます。
de.n.sha.ni./no.ra.sa.re.ma.su.
被要求坐上電車。

▶ 使役被動形-II類動詞

說明

　　II類動詞的使役被動形，是將動詞ます形的「ます」改成「させられます」即可。（同樣的，可能形常體則將「ます」改成「る」即可）例如：

食べます
↓
食べ＋させられます
（ます→させられます）
↓
食べさせられます
↓
食べさせられる
（食べさせられます的常體）

單字

◆ます→させられます

教えます→教えさせられます
o.shi.e.ma.su./o.shi.e.sa.se.ra.re.ma.su.

掛けます→掛けさせられます
ka.ke.ma.su./ka.ke.sa.se.ra.re.ma.su.

見せます→見せさせられます
mi.se.ma.su./mi.se.sa.se.ra.re.ma.su.

捨てます→捨てさせられます

su.te.ma.su./su.te.sa.se.ra.re.ma.su.

始めます→始めさせられます
ha.ji.me.ma.su./ha.ji.me.sa.se.ra.re.ma.su.

飽きます→飽きさせられます
a.ki.ma.su./a.ki.sa.se.ra.re.ma.su.

起きます→起きさせられます
o.ki.ma.su./o.ki.sa.se.ra.re.ma.su.

降ります→降りさせられます
o.ri.ma.su./o.ri.sa.se.ra.re.ma.su.

見ます →見させられます
mi.ma.su./mi.sa.se.ra.re.ma.su.

着ます →着させられます
ki.ma.su./ki.sa.se.ra.re.ma.su.

例句

野菜を食べます。
ya.sa.i.o./ta.be.ma.su.
吃蔬菜。

↓

野菜を食べさせられます。
ya.sa.i.o./ta.be.sa.se.ra.re.ma.su.
被要求吃蔬菜。

本を捨てます。
ho.n.o./su.te.ma.su.
丟掉書。

↓

本を捨てさせられます。
ho.n./o./su.te.sa.se.ra.re.ma.su.
被要求丟掉書。

私 が調べます。
wa.ta.shi./ga./shi.ra.be.ma.su.
我調查。

↓

私 が調べさせられます。
wa.ta.shi./ga./shi.ra.be.sa.se.ra.re.ma.su.
我被要求去調查。

コートを着ます。
ko.o.to.o./ki.ma.su.
穿外套。

↓

コートを着させられます。
ko.o.to.o./ki.sa.se.ra.re.ma.su.
被要求穿上外套。

▶ 使役被動形-III類動詞

說明

III類動詞的使役被動形變化如下：（常體只需將「ます」改成「る」即可）

来ます→来させられます　（注意發音）

します→させられます

勉強します→勉強させられます

單字

来ます→来させられます
ki.ma.su./ko.sa.se.ra.re.ma.su.

します→させられます
shi.ma.su./sa.se.ra.re.ma.su.

勉強します→勉強させられます
be.n.kyo.u.shi.ma.su./be.n.kyo.u.sa.se.ra.re.ma.su.

洗濯します→洗濯させられます
se.n.ta.ku.shi.ma.su./se.n.ta.ku.sa.se.ra.re.ma.su.

質問します→質問させられます
shi.tsu.mo.n.shi.ma.su./shi.tsu.mo.n.sa.se.ra.re.ma.su.

説明します→説明させられます
se.tsu.me.i.shi.ma.su./se.tsu.me.i.sa.se.ra.re.ma.su.

紹介します→紹介させられます
sho.u.ka.i.shi.ma.su./sho.u.ka.i.sa.se.ra.re.ma.su.

案内します→案内させられます
a.n.na.i.shi.ma.su./a.n.na.i.sa.se.ra.re.ma.su.

例句

ここに来ます。
ko.ko./ni./ki.ma.su.
來這裡。

↓

ここに来させられます。
ko.ko./ni./ko.sa.se.ra.re.ma.su.
被要求來這裡。

友達を紹介します。
to.mo.da.chi./o./sho.u.ka.i.shi.ma.su.
介紹朋友。

↓

友達を紹介させられます。
to.mo.da.chi./o./sho.u.ka.i.sa.se.ra.re.ma.su.
被要求介紹朋友。

数学を勉強します。
su.u.ga.ku./o./be.n.kyo.u.shi.ma.su.
念數學。

↓

数学を勉強させられます。
su.u.ga.k./o./be.n.kyo.u.sa.se.ra.re.ma.su.
被要求念數學。

Point.15

使用使役
被動形的表現

▶ 私 は友達にお酒を飲まされました。

wa.ta.shi.wa./to.mo.da.chi.ni./o.sa.ke.o./no.ma.sa.re.ma.shi.ta.

我被朋友要求喝酒。

説明

例句「私は友達にお酒を飲まされました」，此句的主詞是「私」而對方（提出要求的人）是「友達」內容是「お酒」，使役動詞是「飲まされました」。透過下面例句，可以更了解使役被動句之間的關係；句型為：

　　主詞は＋對方に＋內容を使役被動動詞

例句

私 はレポートを書かされました。
wa.ta.shi.wa./re.po.o.to./o./ka.ka.sa.re.ma.shi.ta.

我被要求寫報告。

私 は本を読まされました。
wa.ta.shi.wa./ho.n./o./yo.ma.sa.re.ma.shi.ta.

我被要求念書。

私 は留学に行かされました。
wa.ta.shi.wa./ryu.u.ga.ku./ni./i.ka.sa.re.ma.shi.ta.

我被要求去留學。

私 は友達に刺身を食べさせられました。
wa.ta.shi./wa./to.mo.da.chi./ni./sa.shi.mi./o./ta.be.sa.se.
ra.re.ma.shi.ta.
我被朋友要求吃生魚片。

私 は母に部屋を掃除させられました。
wa.ta.shi./wa./ha.ha./ni./he.ya./o./so u ji.sa.se.ra.re.
ma.shi.ta.
我被媽媽要求打掃房間。

私 は早く寝させられました。
wa.ta.shi./wa./ha.ya.ku./ne.sa.se.ra.re.ma.shi.ta.
我被要求早點睡。

單字

刺身 【生魚片】
sa.shi.mi.

留 学します 【留學】
ryu.u.ga.ku.shi.ma.su.

練習，

是學習語言的唯一途徑。

Point.16

假設用法

▶ 假設用法概説

說明

日語中表示「假設條件」時，可以用「と」「なら」「ば」「たら」四種句型來表示。以下就先介紹這四種用法的詞類變化。

たら
1. 動詞變化
2. 名詞變化
3. い形容詞變化
4. な形容詞變化

と
1. 動詞變化
2. 名詞變化
3. い形容詞變化
4. な形容詞變化

ば形
1. 動詞變化
2. 名詞變化
3. い形容詞變化
4. な形容詞變化

なら
1. 動詞變化
2. 名詞變化
3. い形容詞變化
4. な形容詞變化

たら

説明

「たら」的接續變化方式如下：
動詞た形＋ら
名詞過去式＋ら
い形容詞過去式＋ら
な形容詞過去式＋ら

單字

◆ I 類動詞—語幹最後一個字為い、ち、り→ったら

買います→買ったら
ka.i.ma.su./ka.tta.ra.

作ります→作ったら
tsu.ku.ri.ma.su./tsu.ku.tta.ra.

待ちます→待ったら
ma.chi.ma.su./ma.tta.ra.

行きます→行ったら　　（此為特殊變化）
i.ki.ma.su./i.tta.ra.

_____

◆ I 類動詞—語幹最後一個字為き、ぎ→いたら、いだら

書きます→書いたら
ka.ki.ma.su./ka.i.ta.

泳ぎます→泳いだら

o.yo.gi.ma.su./o.yo.i.da.ra.

◆Ⅰ類動詞—語幹最後一個字為み、び、に→んだら

飲みます→飲んだら
no.mi.ma.su./no.n.da.ra.

飛びます→飛んだら
to.bi.ma.su./to.n.da.ra.

死にます→死んだら
shi.ni.ma.su./shi.n.da.ra.

◆Ⅰ類動詞—語幹最後一個字為し→したら

話します→話したら
ha.na.shi.ma.su./ha.na.shi.ta.ra.

◆Ⅱ類動詞—ます→たら

教えます→教えたら
o.shi.e.ma.su./o.shi.e.ta.ra.

◆Ⅲ類動詞—ます→たら

来ます→来たら
ki.ma.su./ki.ta.ra.

します→したら
shi.ma.su./shi.ta.ra.

勉強します→勉強したら
be.n.kyo.u.shi.ma.su./be.n.kyo.u.shi.ta.ra.

◆名詞—だ→だったら
先生だ→先生だったら
se.n.se.i.da./se.n.se.i.da.tta.ra.

_____

◆い形容詞—い→かったら
早い→早かったら
ha.ya.i./ha.ya.ka.tta.ra.

長い→長かったら
na.ga.i./na.ga.ka.tta.ra.

（註：動詞的ない形，也比照い形容詞的變化方式，如：

食べない→食べなかったら。）

_____

◆な形容詞—だ→だったら
静かだ→静かだったら
shi.zu.ka.da./shi.zu.ka.da.tta.ra.

便利だ→便利だったら
be.n.ri.da./ba.n.ri.da.tta.ra.

▶ と

説明

「と」的接續變化方式如下：
動詞字典形/ない形+と
名詞だ+と
い形容詞+と
な形容詞だ+と

單字

◆動詞─字典形/ない形+と

買います→買う（字典形）→買うと
ka.i.ma.su./ka.u./ka.u.to.

教えます→教える（字典形）→教えると
o.shi.e.ma.su./o.shi.e.ru./o.shi.e.ru.to.

来ます→来る（字典形）→来ると
ki.ma.su./ku.ru./ku.ru.to.

します→する（字典形）→すると
shi.ma.su./su.ru./su.ru.to.

勉強します→勉強する（字典形）→
勉強すると
be.n.kyo.u.shi.ma.su./be.n.kyo.u.su.ru./be.n.kyo.u.su.ru.to.

勉強しません→勉強しない（ない形）→

勉強しないと
be.n.kyo.u.shi.ma.se.n./be.n.kyo.u.shi.na.i./be.n.kyo.u.shi.na.i.to.

◆名詞一だ+と
先生だ→先生だと
se.n.se.i.da./se.n.se.i.da.to.

◆い形容詞一+と
早い→早いと
ha.ya.i./ha.ya.i.to.

長い→長いと
na.ga.i./na.ga.i.to.

◆な形容詞一だ+と
静かだ→静かだと
shi.zu.ka.da./shi.zu.ka.da.to.

便利だ→便利だと
be.n.ri.da./ba.n.ri.da.to.

▶ ば

說明

「ば」的接續變化方式如下：
I 類動詞—i段音變e段音+ば
II 類動詞—ます→れば
III 類動詞—来れば、すれば
名詞+ならば
い形容詞—い→ければ
な形容詞+ならば

單字

◆ I 類動詞—i段音→e段音+ば
買います→買えば　　(i→e)
ka.i.ma.su./ka.e.ba.

話します→話せば　　(shi→se)
ha.na.shi.ma.su./ha.na.se.ba.

_____

◆II類動詞—ます→れば
教えます→教えれば
o.shi.e.ma.su./o.shi.e.re.ba.

_____

◆III類動詞
来ます→来れば
ki.ma.su./ku.re.ba.

ki.ma.su./ku.re.ba.

します→すれば
shi.ma.su./su.re.ba.

勉強します→勉強すれば
be.n.kyo.u.shi.ma.su./be.n.kyo.u. su.re.ba.

◆名詞—+ならば
先生だ→先生ならば
se.n.se.i.da./se.n.se.i.na.ra.ba.

◆い形容詞—い→ければ
早い→早ければ
ha.ya.i./ha.ya.ke.re.ba.

長い→長ければ
na.ga.i./na.ga.ke.re.ba.

◆な形容詞—+ならば
静かだ→静かならば
shi.zu.ka.da./shi.zu.ka.na.ra.ba.

便利だ→便利ならば
be.n.ri.da./ba.n.ri.na.ra.ba.

▶ なら

說明

「なら」的接續變化方式如下：
動詞字典形/ない形+なら
名詞+なら
い形容詞+なら
な形容詞+なら

單字

◆動詞—字典形/ない形+なら

買います→買う（字典形）→買うなら
ka.i.ma.su./ka.u./ka.u.na.ra.

教えます→教える（字典形）→教えるなら
o.shi.e.ma.su./o.shi.e.ru./o.shi.e.ru.na.ra.

来ます→来る（字典形）→来るなら
ki.ma.su./ku.ru./ku.ru.na.ra.

します→する（字典形）→するなら
shi.ma.su./su.ru./su.ru.na.ra.

勉強します→勉強する（字典形）→
勉強するなら
be.n.kyo.u.shi.ma.su./be.n.kyo.u.su.ru./be.n.kyo.u.su.
ru.na.ra.

勉強しません→勉強しない（ない形）→

勉強しないなら
be.n.kyo.u.shi.ma.se.n./be.n.kyo.u.shi.na.i./be.n.kyo.u.shi.na.i.na.ra.

◆名詞—+なら
先生だ→先生なら
se.n.se.i.da./se.n.se.i.na.ra.

◆い形容詞—+なら
早い→早いなら
ha.ya.i./ha.ya.i.na.ra.

長い→長いなら
na.ga.i./na.ga.i.na.ra.

◆な形容詞—+なら
静かだ→静かなら
shi.zu.ka.da./shi.zu.ka.na.ra.

便利だ→便利なら
be.n.ri.da./ba.n.ri.na.ra.

Point.17

使用假設用法
的表現

▶ 明後日晴れたら、山登りに行きましょう。

a.sa.tte./ha.re.ta.ra./ya.ma.no.bo.ri./ni./i.ki.ma.sho.u.

如果後天放晴的話，就一起去爬山吧。

說明

「たら」是表示，「たら」前面的假設條件成立的話，就發生後續的事情。另外也可以用在非假設的句子裡，表示前面的動作後，發生了後面的事情。

例句

次のテストもダメだったら、就職します。

tsu.gi.no./te.su.to./mo./da.me./da.tta.ra./shu.u.sho.ku./shi.ma.su.

要是下次的考試還是不合格，我就去工作。

わからなかったら、質問してください。

wa.ka.ra.na.ka.tta.ra./shi.tsu.mo.n./shi.te./ku.da.sa.i.

如果不懂的話，請發問。

高かったら、誰も買いませんよ。

ta.ka.ka.tta.ra./da.re.mo./ka.i.ma.se.n.yo.

要是貴的話，誰都不會買唷。

雨が降ったら、ライブは中止です。
a.me.ga./fu.tta.ra./ra.i.bu.wa./chu.u.shi./de.su.
下雨的話，演唱會就中止。

雨だったら、誰も来ないでしょう。
a.me.da.tta.ra./da.re.mo./ko.na.i./de.sho.u.
如果下雨的話，大概誰都不會來吧。

単字

就職 【開始工作、就職】
shu.u.sho.ku.

質問 【發問、提問】
shi.tsu.mo.n.

覚めます 【醒來、睜開眼】
sa.me.ma.su.

▶ 土曜日に来るなら、準備しておきます。

do.yo.u.bi./ni./ku.ru./na.ra./ju.n.bi./shi.te./o.ki.ma.su.

如果你星期六要來的話，我就先準備好。

說明

「なら」是表示如果發生「なら」之前的事情，那麼就會做後面的動作。

例句

安いなら、買います。
ya.su.i.na.ra./ka.i.ma.us.
如果便宜的話，就買。

パソコンのことなら、なんでも分かります。
pa.so.ko.n./no./ko.to./na.ra./na.n.de.mo./wa.ka.ri.ma.su.
提到電腦的事，我什麼都知道。/如果是電腦的事，我什麼都知道。

帰るなら、部長に挨拶してから帰ってください。
ka.e.ru.na.ra./bu.cho.u./ni./a.i.sa.tsu./shi.te.ka.ra./
ka.e.tte./ku.da.sa.i.

要回去的話，就先和部長打聲招呼再回去。

あと1人〔ひとり〕だけなら、 入 場〔にゅうじょう〕できます。
a.to./hi.to.ri./da.ke.na.ra./nyu.u.jo.u./de.ki.ma.su.
如果只有1個人的話，可以進場。

日本語〔にほんご〕はダメですが、英語〔えいご〕でなら会話〔かいわ〕ができ
ます。
ni.ho.n.go.wa./da.me.de.su.ga./e.i.go.de./na.ra./ka.i.wa.
ga./de.ki.ma.su.
日文雖然不行，但用英文的話就能交談。

会議〔かいぎ〕の後〔あと〕なら、時間〔じかん〕があります。
ka.i.gi.no./a.to.na.ra./ji.ka.n.ga./a.ri.ma.su.
如果是會議之後的話，就有空。

▶ あした雨が降れば、運動会
は中止です。

a.shi.ta./a.me.ga./fu.re.ba./u.n.do.
u.ka.i./wa./chu.u.shi./de.su.

明天如果下雨的話，運動會就中止。

說明

　　此句型是敘述一般事物的條件關係，表示前者成立的話，後者就一定會成立。

例句

眠ければ、顔を洗います。
ne.mu.ke.re.ba./ka.o./o./a.ra.i.ma.su.
想睡的話，就去洗臉。

できればその人に会いたくない。
de.ki.re.ba./so.no.hi.to.ni./a.i.ta.ku.na.i.
可以的話不想見到那個人。

そんなにやりたければ、勝手にすればいい。
so.n.na.ni./ya.ri.ta.ke.re.ba./ka.tte.ni./su.re.ba.i.i.
這樣想做的話，就隨你便盡管去做吧。

走れば、バスに乗れます。
ha.shi.re.ba./ba.su.ni./no.re.ma.su.

如果用跑的話，就能趕上公車。

試験に合格すれば、大学生になれます。
shi.ke.n./ni./go.u.ka.ku./su.re.ba./da.i.ga.ku.se.i./ni./
na.re.ma.su.
考試合格的話，就能成為大學生。

年を取れば、体力がなくなります。
to.shi.o./to.re.ba./ta.i.ryo.ku.ga./na.ku./na.ri.ma.su.
年紀越大，就越沒體力。

單字

運動会 【運動會】
u.n.do.u.ka.i.

顔 【臉】
ka.o.

勝手 【任意、為所欲為】
ka.tte.

▶ 春になると、花が咲きます。

ha.ru.ni./na.ru.to./ha.na.ga./sa.ki.ma.su.

春天到了，花就開了。

〔 說 明 〕

　　「と」是表示假定條件，做了前面的動作後，會發生
後面的結果。或是表示，完成前面的動作後，有後面的發
現。

〔 例 句 〕

ボタンを押すと、缶コーヒが出ます。
bo.ta.n./o./o.su.to./ka.n.ko.o.hi.i./ga./de.ma.su.
按下按鈕後，罐裝咖啡就會出來了。

まっすぐ行くと、デパートが見えます。
ma.ssu.gu./i.ku.to./de.pa.a.to./ga./mi.e.ma.su.
直走，就會看到百貨公司。

静かだと、集中できます。
shi.zu.ka.da.to./shu.u.chu.u./de.ki.ma.su.
安靜的話，就能專心。

学生だと、安くなります。
ga.ku.se.i.da.to./ya.su.ku./na.ri.ma.su.
如果是學生的話，就可以便宜一點。

窓を開けると、富士山が見えます。
ma.do./o./a.ke.ru.to./fu.ji.sa.n.ga./mi.e.ma.su.
開窗的話，就會看到富士山。

この本を読むと、世界観が変わります。
ko.no.ho.n.o./yo.mu.to./se.ka.i.ka.n.ga./ka.wa.ri.ma.su.
讀了這本書，會改變自己的世界觀。

そんなに食べると、太りますよ。
so.n.na.ni./ta.be.ru.to./fu.to.ri.ma.su.yo.
吃這麼多，會胖喔。

ちゃんと勉強しないと、合格できませんよ。
cha.n.to./be.n.kyo.u./shi.na.i.to./go.u.ka.ku./de.ki.ma.se.n.yo.
不好好用功的話，就沒辦法合格喔。

▶ 失敗すればするほど、成功に近づいている。

shi.ppa.i.su.re.ba./su.ru.ho.do./
se.i.ko.u.ni./chi.ka.zu.i.te.i.ru.

越是失敗，離成功越近。

説明

「～ば～ほど」表示「越…越…」。接續方式如下：

[動―ば]+[動―辞書形]+ほど
[い形―ければ]+[い形―い]+ほど
[な形―なら/であれば]+[な形―な/でえある]+ほど
[名―なら+/であれば]＋[名―である]+ほど

例句

研究すればするほどわからないことが出て
きます。
ke.n.kyu.u.su.re.ba./su.ru.ho.do./wa.ka.ra.nai./ko.to.ga./
de.te.ki.ma.su.
越是研究，不懂的地方就越多。

奨学金は多ければ多いほどいいです。
sho.u.ga.ku.ki.n./wa./o.o.ke.re.ba./o.o.i.ho.do./i.i.de.su.
獎學金越多越好。

甘いものを食べれば食べるほど、太ってき

ます。
a.ma.i.mo.no./o./ta.be.re.ba./ta.be.ru.ho.do./fu.to.tte.
ki.ma.su.
甜食吃得越多，就越容易變胖。

車の数が増えれば増えるほど、公害が増え
ます。
ku.ru.ma.no./ka.zu./ga./fu.e.re.ba./fu.e.ru.ho.do./ko.u.ga.
i./ga./fu.e.ma.su.
車子的數量越增加，公害也就越多。

毎日使う道具の使い方は簡単なら簡単なほ
どいいと思います。
ma.i.ni.chi./tsu.ka.u./do.u.gu./no./tsu.ka.i.ka.ta./wa./
ka.n.ta.n./na.ra./ka.n.ta.n.na.ho.do./i.i.to./o.mo.i.ma.su.
我覺得每天使用的工具，使用的方法越簡單，就越好。

（單字）

研究 【研究】
ke.n.kyu.u.

奨学金 【獎學金】
sho.u.ga.ku.ki.n.

太ります 【胖變】
fu.to.ri.ma.su.

公害 【公害】
ko.u.ga.i.

道具 【工具、道具】
do.u.gu.

▶ これさえあれば十分です。

ko.re.sa.e.a.re.ba./ju.u.bu.n.de.su.

只要有這個就夠了。

說明

「～さえ～ば」是「只要…就…」的意思。句型如下：

[動―ます形]+さえ+すれば/しなければ
[い形―く]+さえ+あれば/なければ
[な形―で]+さえ+あれば/なければ
[名―で]+さえ+あれば/なければ
[名]+さえ+動―ば
[名]+さえ+い形―ければ
[名]+さえ+な形―なら
[名]+さえ+名―なら

例句

交通が便利でさえあればどんなところでもいいんです。

ko.u.tsu.u.ga./be.n.ri.de.sa.e.a.re.ba./do.n.na.to.ko.ro.de.mo./i.i.n.de.su.

只要交通方便，什麼樣的地方都可以。

コツさえわかれば誰でもうまく運転できます。

ko.tsu.sa.e./wa.ka.re.ba./da.re.de.mo./u.ma.ku.u.n.te.
n.de.ki.ma.su.

只要知道訣竅，誰都可以駕駛得很好。

年をとっても、 体 さえ丈夫なら心配はい

りません。

to.shi.o.to.tte.mo./ka.ra.da.sa.e./jo.u.bu.na.ra./shi.n.pa.
i.wa./i.ri.ma.se.n.

雖然上了年紀，只要身體健康的話就不需要擔心。

結果さえよければ手段は選ばないです。

ke.kka.sa.e.yo.ke.re.ba./shu.da.n.wa./e.ra.ba.na.i.de.su.

只要有好結果，不管用什麼方法都行。

單字

コツ 【訣竅、技巧】
ko.tsu.

手段 【方法、手段】
shu.da.n.

練習，

是學習語言的唯一途徑。

Point.18

敬語篇

▶ 敬語概說

說明

　　敬語是在和輩分比自己高的人講話時使用，它比之前學過的敬體「ます形」還要更有禮貌。同時依照主語的不同，還分成「尊敬語」和「謙讓語」兩種。在本章節中就會介紹各種不同的敬語用法。

1. 敬語形（1）
2. 敬語形（2）
3. 特殊敬語動詞
4. 敬語形—表示請求
5. 謙讓形
6. 特殊謙讓動詞
7. 謙讓形—幫助對方
8. 謙讓形—請求

敬語形 (1)

說 明

　　敬語形在主語（動作主）是輩分較高的人時使用，它可以分成規則動詞變化和不規則變化兩種。首先第一種規則變化的方式，是將動詞變成「被動形」。下面列出各類動詞的敬語形變化，詳細的變化方式，也可以參照「被動形」的章節。

單 字

◆ I 類動詞（「い段音」→「あ段音」+「れ」）

書きます→書かれます　（ki→ka）
ka.ki.ma.su./ka.ka.re.ma.su.

泳ぎます→泳がれます　（gi→ga）
o.yo.gi.ma.su./o.yo.ga.re.ma.su.

話します→話されます　（shi→sa）
ha.na.shi.ma.su./ha.na.sa.re.ma.su.

立ちます→立たれます　（chi→ta）
ta.chi.ma.su./ta.ta.re.ma.su.

呼びます→呼ばれます　（bi→ba）
yo.bi.ma.su./yo.ba.re.ma.su.

住みます→住まれます　（mi→ma）
su.mi.ma.su./su.ma.re.ma.su.

乗ります→乗られます　（ri→ra）

no.ri.ma.su./no.ra.re.ma.su.

使います→使われます　　(i→wa)
tsu.ka.i.ma.su./tsu.ka.wa.re..ma.su.

◆II類動詞（ます→られます）
教えます→教えられます
o.shi.e.ma.su./o.shi.e.ra.re.ma.su.

掛けます→掛けられます
ka.ke.ma.su./ka.ke.ra.re.ma.su.

見せます→見せられます
mi.se.ma.su./mi.se.ra.re.ma.su.

捨てます→捨てられます
su.te.ma.su./su.te.ra.re.ma.su.

始めます→始められます
ha.ji.me.ma.su./ha.ji.me.ra.re.ma.su.

◆III類動詞
来ます→来られます　　(注意發音)
ki.ma.su./ko.ra.re.ma.su.

します→されます
shi.ma.su./sa.re.ma.su.

勉強します→勉強されます
be.n.kyo.u.shi.ma.su./be.n.kyo.u.sa.re.ma.su.

例句

この本は読まれましたか。
ko.no.ho.n.wa./yo.ma.re.ma.shi.ta.ka.
這本書您讀過了嗎？

先生はもう帰られました。
se.n.se.i./wa./mo.u./ka.e.ra.re.ma.shi.ta.
老師已經回去了。

社長は来月日本へ出張されます。
sha.cho.u./wa./ra.i.ge.tsu./ni.ho.n.e./chu.ccho.u./sa.re.
ma.su.
社長下個月要到日本出差。

部長はもう資料を読まれました。
bu.cho.u./wa./mo.u./shi.ryo.u./o./yo.ma.re.ma.shi.ta.
部長已經看過資料了。

いつ東京に引越しされますか。
i.tsu./to.u.kyo.u./ni./hi.kko.shi./sa.re.ma.su.ka.
請問您什麼時候要搬到東京呢？

お酒もうやめられたんですか。
o.sa.ke./mo.u./ya.me.ra.re.ta.n./de.su.ka.
您已經戒酒了嗎？

午後の会議に出られますか。
go.go.no./ka.i.gi.ni./de.ra.re.ma.su.ka.
請問您會出席午後的會議嗎？

▶ 敬語形（2）

說明

　　第2種敬語形的規則變化，是在動詞的語幹前面加上「お」，後面則是加上「になります」即可。
　　另外需要注意的是，語幹只有一個字的動詞，如：見ます、寝ます、います…等，還有III類動詞，並不使用這種敬語變化方法。

單字

読みます→お読みになります
yo.mi.ma.su./o.yo.mi.ni.na.ri.ma.su.

書きます→お書きになります
ka.ki.ma.su./o.ka.ki.ni.na.ri.ma.su.

飲みます→お飲みになります
no.mi.ma.su./o.no.mi.ni.na.ri.ma.su.

買います→お買いになります
ka.i.ma.su./o.ka.i.ni.na.ri.ma.su.

調べます→お調べになります
shi.ra.be.ma.su./o.shi.ra.be.ni.na.ri.ma.su.

帰ります→お帰りになります
ka.e.ri.ma.su./o.ka.e.ri.ni.na.ri.ma.su.

例句

課長はスマホをお買いになりました。
ka.cho.u.wa./su.ma.ho./o./o.ka.i.ni./na.ri.ma.shi.ta.
課長買了智慧型手機。

このサンドイッチは田中先生がお作りにな
りました。
ko.no./sa.n.do.i.cchi./wa./ta.na.ka./se.n.se.i./ga./o.tsu.
ku.ri.ni./na.ri.ma.shi.ta.
這三明治是田中老師做的。

この本は先生がお書きになりました。
ko.no./ho.n.wa./se.n.se.i./ga./o.ka.ki.ni./na.ri.ma.shi.ta.
這本書是老師的著作。

いつ田中さんにお会いになりますか。
i.tsu./ta.na.ka./sa.n./ni./o.a.i.ni./na.ri.ma.su.ka.
請問您什麼時候會和田中先生碰面？

お疲れになりましたか。
o.tsu.ka.re.ni./na.ri.ma.shi.ta.ka.
請問您累了嗎？

お酒はお飲みになりますか。
o.sa.ke./wa./o.no.mi.ni./na.ri.ma.su.ka.
請問您喝酒嗎？

▶ 特殊敬語動詞

說明

有些動詞在變化成敬語的時候，並不依前面章節所介紹的尊敬形動詞變化方式，而是以不規則變化的方式進行變化，以下就列出這些特殊的敬語動詞。

單字

行きます／来ます／います→いらっしゃいます
i.ki.ma.su./ki.ma.su./i.ma.su./i.ra.ssha.i.ma.su.

食べます／飲みます→召し上がります
ta.be.ma.su./no.mi.ma.su./me.shi.a.ga.ri.ma.su.

言います→おっしゃいます
i.i.ma.su./o.ssha.i.ma.su.

知っています→ご存知です
shi.tte.i.ma.su./go.zo.n.ji.de.su.

見ます→ご覧になります
mi.ma.su./go.ra.n.ni.na.ri.ma.su.

します→なさいます
shi.ma.su./na.sa.i.ma.su.

くれます→くださいます
ku.re.ma.su./ku.da.sa.i.ma.su.

いつ台湾にいらっしゃいましたか。
i.tsu./ta.i.wa.n.ni./i.ra.ssha.i.ma.shi.ta.ka.
請問您是什麼時候來台灣的？

今台湾に住んでいらっしゃいますか。
i.ma./ta.i.wa.n.ni./su.n.de./i.ra.ssha.i.ma.su.ka.
請問您現在是住在台灣嗎？

来週の会議のことをご存知ですか。
ra.i.shu.u.no./ka.i.gi.no./ko.to.o./go.zo.n.ji./de.su.ka.
請問您知道下星期要開會的事嗎？

この本もうご覧になりましたか。
ko.no./ho.n./mo.u./go.ra.n.ni./na.ri.ma.shi.ta.ka.
請問您看過這本書了嗎？

お昼ごはんはもう召し上がりましたか。
o.hi.ru./go.ha.n.wa./mo.u./me.shi.a.ga.ri./ma.shi.ta.ka.
請問您已經吃過午餐了嗎？

ご予約なさいましたか。
go.yo.ya.ku./na.sa.i.ma.shi.ta.ka.
請問你是否有預約？

▶ 敬語形－表示請求

說明

　　要用敬語表示請求、委婉禁止的時候，是在動詞語幹前面加上「お」或「ご」，然後接表示請求的「ください」。但若是使用特殊敬語動詞時，則是使用「て形＋ください」的形式。

單字

◆Ⅰ類、Ⅱ類動詞

呼びます→お呼びください
yo.bi.ma.su./o.yo.bi.ku.da.sa.i.

使います→お使いください
tsu.ka.i.ma.su./o.tsu.ka.i./ku.da.sa.i.

寄ります→お寄りください
yo.ri.ma.su./o.yo.ri.ku.da.sa.i.

おっしゃいます→おっしゃってください
o.ssha.i.ma.su./o.ssha.tte.ku.da.sa.i.

召し上がります→召し上がってください
me.shi.a.ga.ri.ma.su./me.shi.a.ga.tte.ku.da.sa.i.

いらっしゃいます→いらっしゃってください
i.ra.ssha.i.ma.su./i.ra.ssha.tte.ku.da.sa.i.

◆Ⅲ類動詞（「名詞＋します」形式的動詞）

遠慮します→ご遠慮ください
e.n.ryo.shi.ma.su./go.e.n.ryo.ku.da.sa.i.

例句

どうぞお入りください
do.u.zo./o.ha.i.ri./ku.da.sa.i.
請進。

遠慮なくおっしゃってください。
e.n.ryo.na.ku./o.ssha.tte./ku.da.sa.i.
不必客氣請直說。

どうぞ召し上がってください。
do.u.zo./me.shi.a.ga.tte./ku.da.sa.i.
請用（菜）。

新しい電話番号をお知らせください。
a.ta.ra.shi.i./de.n.wa.ba.n.go.u./o./o.shi.ra.se./ku.da.sa.i.
請告訴我新的電話號碼。

係員にお確かめください。
ka.ka.ri.i.n./ni./o.ta.shi.ka.me./ku.da.sa.i.
請向工作人員確認。

いい週末をお過ごしください。
i.i./shu.u.ma.tsu.o./o.su.go.shi./ku.da.sa.i.
祝你有個美好的週末。

▶ 謙讓形

說明

　　謙讓形是當主語（動作主）的輩份較低時，為了表示謙虛而使用的形式。變化的方式是在動詞語幹前面加上「お」或「ご」，後面再加上「します」

單字

◆ I類、II類動詞

持ちます→お持ちします
mo.chi.ma.su./o.mo.chi.shi.ma.su.

作ります→お作りします
tsu.ku.ri.ma.su./o.tsu.ku.ri.shi.ma.su.

送ります→お送りします
o.ku.ri.ma.su./o.o.ku.ri.shi.ma.su.

見せます→お見せします
mi.se.ma.su./o.mi.se.shi.ma.su.

貸します→お貸しします
ka.shi.ma.su./o.ka.shi.shi.ma.su.

調べます→お調べします
shi.ra.be.ma.su./o.shi.ra.be.shi.ma.su.

入れます→お入れします
i.re.ma.su./o.i.re.shi.ma.su.

持ちます→お持ちします

mo.chi.ma.su./o.mo.chi.shi.ma.su.

書きます→お書きします
ka.ki.ma.su./o.ka.ki.shi.ma.su.

手伝います→お手伝いします
te.tsu.da.i.ma.su./o.te.tsu.da.i.shi.ma.su.

◆III類動詞（「名詞＋します」形式的動詞）

説明します→ご説明します
se.tsu.me.i.shi.ma.su./go.se.tsu.me.ik.shi..ma.su.

案内します→ご案内します
a.n.na.i.shi.ma.su./go.a.n.na.i.shi.ma.su.

連絡します→ご連絡します
re.n.ra.ku.shi.ma.su./go.re.n.ra.ku.shi.ma.su.

紹介します→ご紹介します
sho.u.ka.i.shi.ma.su./go.sho.u.ka.i.shi.ma.su.

用意します→ご用意します
yo.u.i.shi.ma.su./go.yo.u.i.shi.ma.su.

招待します→ご招待します
sho.u.ta.i.shi.ma.su./go.sho.u.ta.i.shi.ma.su.

例句

町の中をご案内します。
ma.chi.no./na.ka.o./go.a.n.na.i./shi.ma.su.
我來為您介紹這座城市。

田中先生をご紹介します。

ta.na.ka./se.n.se.i./o./go.sho.u.ka.i./shi.ma.su.
我來為您介紹田中老師。

こちらからご連絡します。
ko.chi.ra./ka.ra./go.re.n.ra.ku./shi.ma.su.
我會和您聯絡。

またご連絡します。
ma.ta./go.re.n.ra.ku./shi.ma.su.
我會再和您聯絡。

弊社のパーティーにご招待します。
he.i.sha./no./pa.a.ti.i.ni./go.sho.u.ta.i./shi.ma.su.
招待您來敝公司的派對。

博物館までご案内します。
ha.ku.bu.tsu.ka.n./ma.de./go.a.n.na.i./shi.ma.su.
引導您到博物館。

特殊謙讓動詞

說明

有些動詞的謙讓形是以特殊謙讓動詞的方式做動詞變化。

單字

行きます/来ます→参ります
i.ki.ma.su./ki.ma.su./ma.i.ri.ma.su.

います→おります
i.ma.su./o.ri.ma.su.

食べます/飲みます/もらいます→頂きます
ta.be.ma.su./no.mi.ma.su./mo.ra.i.ma.su./i.ta.da.ki.ma.su.

見ます→拝見します
mi.ma.su./ha.i.ke.n.shi.ma.su.

言います→申します
i.i.ma.su./mo.u.shi.ma.su.

します→いたします
shi.ma.su./i.ta.shi.ma.su.

聞きます/家へ行きます→伺います
ki.ki.ma.su./i.e.e.i.ki.ma.su./u.ka.ga.i.ma.su.

知っています→存じます

shi.tte.i.ma.su./zo.n.ji.ma.su.

会います→お目にかかります
a.i.ma.su./o.me.ni.ka.ka.ri.ma.su.

例句

今日本におります。
i.ma./ni.ho.n.ni./o.ri.ma.su.
現在在日本。

ちょっときっぷを拝見します。
cho.tto./ki.ppu.o./ha.i.ke.n.shi.ma.su.
請讓我看一下車票。（車掌驗票時）

はじめまして、田中と申します。
ha.ji.me.ma.shi.te./ta.na.ka.to./mo.u.shi.ma.su.
你好，敝姓田中。

先生のお宅へ伺いました。
se.n.se.i.no./o.ta.ku.e./u.ka.ga.i.ma.shi.ta.
到老師的家拜訪。

先生のお宅で美味しい料理をいただきました。
se.n.se.i.no./o.ta.ku.de./o.i.shi.i./ryo.u.ri.o./i.ta.da.ki.ma.shi.ta.
在老師家吃了好吃的料理。

出版社に勤めております。

shu.ppa.n.sha.ni./tsu.to.me.te./o.ri.ma.su.
在出版社工作。

来週また参ります。
ra.i.shu.u./ma.ta./ma.i.ri.ma.su.
下星期還要去（來）。

来週台北に引越しいたします。
ra.i.shu.u./ta.i.pe.i.ni./hi.kko.shi./i.ta.shi.ma.su.
下星期要搬到台北。

半年前日本に参りました。
ha.n.to.shi.ma.e./ni.ho.n.ni./ma.i.ri.ma.shi.ta.
半年前來到日本。

私は台湾から参りました。
wa.ta.shi.wa./ta.i.wa.n.ka.ra./ma.i.ri.ma.shi.ta.
我是從台灣來的。

お迎えに参ります。
o.mu.ka.e.ni./ma.i.ri.ma.su.
去接您。

その件に関しては部長から伺いました。
so.no.ke.n.ni./ka.n.shi.te.wa./bu.cho.u.ka.ra./u.ka.
ga.i.ma.shi.ta.
關於那件事，我從部長那邊聽說了。

▶ 謙讓形-幫助對方

說明

在主動提出幫助的時候，一般會用謙讓形來表達自己的好意，句型是由「お〜します」變化而來的。是在動詞語幹前加上「お」或「ご」，後面再接「しましょうか」。

例句

重そうですね。お持ちしましょうか。
o.mo.so.u./de.su.ne./o.mo.chi./shi.ma.sho.u.ka.
看起來好像很重，我幫你拿吧？

お手伝いしましょうか。
o.te.tsu.da.i./shi.ma.sho.u.ka.
讓我來幫忙吧？

お茶をお入れしましょうか。
o.cha.o./o.i.re./shi.ma.sho.u.ka.
我幫您泡杯茶吧？

ご案内しましょうか。
go.a.n.na.i./shi.ma.sho.u.ka.
我來為您介紹吧？

かばんをお持ちしましょうか。

ka.ba.n.o./o.mo.chi./shi.ma.sho.u.ka.
讓我來幫您拿包包吧？

お貸ししましょうか。
o.ka.ne.o./o.ka.shi./shi.ma.sho.u.ka.
我借您吧？

車 でお送りしましょうか。
ku.ru.ma.de./o.o.ku.ri./shi.ma.sho.u.ka.
我開車送您去吧？

ご紹介しましょうか。
go.sho.u.ka.i./shi.ma.sho.u.ka.
讓我為您介紹吧？

ご用意しましょうか。
go.yo.u.i./shi.ma.sho.u.ka.
讓我來為您準備吧？

▶ 謙讓形-請求

說明

無論是謙讓形還是特殊謙讓用語，配合て形，再加上よろしいでしょうか，即是表示請求的意思。

變化方式如下：

謙讓形ても＋よろしいでしょうか

例句

お茶を頂いてもよろしいでしょうか
o.cha.o./i.ta.da.i.te.mo./yo.ro.shi.i./de.sho.u.ka.
可以給我一杯茶嗎？

資料を拝見してもよろしいでしょうか。
shi.ryo.u.o./ha.i.ke.n.shi.te.mo./yo.ro.shi.i./de.sho.u.ka.
我可以看一下資料嗎？

明日お宅へ伺ってもよろしいでしょうか。
a.shi.ta./o.ta.ku.e./u.ka.ga.tte.mo./yo.ro.shi.i./de.sho.
u.ka.
明天可以去您家裡拜訪嗎？

このポストカードを頂いてもよろしいでしょうか。
ko.no./po.su.to.ka.a.do.o./i.ta.da.i.te.mo./yo.ro.shi.i./
de.sho.u.ka.

我可以拿這裡的明信片嗎？

ちょっと伺ってもよろしいでしょうか。
sho.tto./u.ka.ga.tte.mo./yo.ro.shi.i./de.sho.u.ka.
可以請問一下嗎？

電話をお借りしてもよろしいでしょうか。
de.n.wa.o./o.ka.ri./shi.te.mo./yo.ro.shi.i./de.sho.u.ka.
可以借我電話嗎？

車をお借りしてもよろしいでしょうか。
ku.ru.ma.o./o.ka.ri./shi.te.mo./yo.ro.shi.i./de.sho.u.ka.
可以借我車嗎？

この小説をお借りしてもよろしいでしょうか。
ko.no./sho.u.se.tsu.o./o.ka.ri./shi.te.mo./yo.ro.shi.i./
de.sho.u.ka.
可以借我這本小説嗎？

お名前を伺ってもよろしいでしょうか。
o.na.ma.e.o./u.ka.ga.tte.mo./yo.ro.shi.i./de.sho.u.ka.
可以請問您的大名嗎？

練習，是學習語言的唯一途徑。

Point.19

助詞應用
助詞—は

▶ は

說明

在日文中，助詞是扮演著主宰前後文關係、主客關係的重要角色，就像是詞和詞之間的橋梁一樣，接起了文字間的關係。而相同的文字，隨著助詞的不同，也會產生完全不同的意思。在本篇中，列出了各種常用的助詞，可以對照例句，或是前面各篇章中曾出現的句子，強化助詞的觀念。

「は」在助詞中是很重要的存在，它指出了句子中最重要的主角所在的位置，通常找到了「は」，就等於是找到了主語。我們可以把「は」簡單分成下列幾種用法，而列舉如下：

1. 用於說明或是判斷
2. 說明主題的狀態
3. 兩者比較說明時
4. 談論前面提過的主題時
5. 限定的主題時
6. 選出一項主題加以強調

除了這幾項基本的用法外，「は」還有其他不同的用法，這裡先舉出最基本的用法。

は－用於説明或是判斷

説明

在學習名詞句、形容詞句時，可以常常看到「は」這個助詞出現。在這些句子中出現的「は」，就是用於説明或是判斷的句子時的「は」。而這其中又可以細分為表示名字、説明定義、生活中的真理、一般的習慣、發話者的判斷、……等各種不同的用法。接下來，就利用下面的句子中為實際例子做學習。

例句

わたし たなかきょうこ
私 は田中京子です。
wa.ta.shi./wa./ta.na.ka./kyo.u.ko./de.su.
我叫田中京子。（表示名字）

わたし にほんご せんせい
私 は日本語の先生です。
wa.ta.shi.wa./ni.ho.n.go.no./se.n.se.i./de.su.
我是日語老師。（表示職業）

きょう にちようび
今日は日曜日です。
kyo.u.wa./ni.chi.yo.u.bi./de.su.
今天是星期天。（表示日期）

これは椅子です。
ko.re./wa./i.su./de.su.
這是椅子。（表示定義）

冬は寒いです。
ふゆ さむ
fu.yu./wa./sa.mu.i./de.su.
冬天是寒冷的。（表示一般性的定理）

一分は六十秒です。
いっぷん ろくじゅうびょう
i.ppu.n./wa./ro.ku.ju.u.byo.u./de.su.
一分鐘是六十秒。（表示一般性的定理）

先生は毎日運動します。
せんせい まいにちうんどう
se.n.se.i./wa./ma.i.ni.chi./u.n.do.u.shi.ma.su.
老師每天都做運動。（表示習慣）

ゲームは楽しいです。
たの
ge.e.mu./wa./ta.no.shi.i./de.su.
玩遊戲很開心。（表示發話者的判斷）

は-説明主題的狀態

在學習形容詞句的時候，我們曾經學習過「うさぎは
耳が長いです」這樣的句子。句子中的「は」就是用來
說明主題「うさぎ」的狀態，而句中的狀態就是「耳が長
い」。也就是說，在這樣的句子裡，「は」後面的句子，
皆是用來說明主題的狀態。

例句

田中さんは髪が長いです。
ta.na.ka./sa.n./wa./ka.mi./ga./na.ga.i./de.su.
田中小姐的頭髮很長。

（主題：田中さん／狀態：髪が長い）

弟　は頭がいいです。
o.to.u.to./wa./a.ta.ma./ga./i.i./de.su.
弟弟的腦筋很好。

（主題：弟／狀態：頭がいい）

▶ は－兩者比較説明時

説明

　　列舉兩個主題，將兩個主題同時做比較的時候，要分別比較説明兩個主題分別有什麼樣的特點之時，即是使用「は」。這樣的句子通常是前後兩個句子的句型很相似，句意也會相關或是相反。

例句

いちごは好きですが、バナナは嫌いです。
i.chi.go./wa./su.ki.de.su.ga./ba.na.na./wa./ki.ra.i.de.su.
喜歡草莓，討厭香蕉。

魚は食べますが、エビは食べません。
sa.ka.na./wa.ta.be.ma.su.ga./e.bi./wa./ta.be.ma.se.n.
吃魚，不吃蝦

ワインは飲みますが、ビールは飲みません。
wa.i.n.wa./no.mi.ma.su.ga./bi.i.ru.wa./no.mi.ma.se.n.
喝紅酒，但不喝啤酒。

兄は背が低いですけど、弟は背が高いです。
a.ni.wa./se.ga./hi.ku.i./de.su.ke.do./o.to.u.to.wa./se.ga./ta.ka.i./de.su.
哥哥長得矮，但弟弟長得高。

昨日<ruby>きのう<rt></rt></ruby>は寒<ruby>さむ<rt></rt></ruby>かったですけど、今日<ruby>きょう<rt></rt></ruby>は 暖<ruby>あたた<rt></rt></ruby>かいです。

ki.no.u.wa./sa.mu.ka.tta./de.su.ke.do./kyo.u.wa./a.ta.
ta.ka.i./de.su.

昨天很冷，但今天天氣暖和。

いちご 【草莓】
i.chi.go.

バナナ 【香蕉】
ba.na.na.

鶏肉 【雞肉】
to.ri.ni.ku.

牛肉 【牛肉】
gyu.u.ni.ku.

▶ は－談論前面提過的主題時

說明

在談話的時候，一個主題的話題，通常不會只有一句話就結束，當第二句話的主題，還是以前一句話的主題為中心時，第二句話提到主詞時，後面的助詞就要使用「は」，以表示所說的是特定的對象。比如說前一個句子提到了一隻狗，那個下個句子提到那隻狗時，後面的助詞就要用「は」

例句

うちに猫がいます。その猫は白いです。
u.chi./ni./ne.ko./ga./i.ma.su./so.no.ne.ko./wa./shi.ro.i./
de.su.
我家有隻貓。那隻貓是白色的。

あそこにレストランがあります。そのレストランはまずいです。
a.so.ko./ni./re.su.to.ra.n./ga./a.ri.ma.su./so.no./re.su.
to.ra.n./wa./ma.zu.i./de.su.
那裡有間餐廳。那間餐廳的菜很難吃。

昨日、クラスメートに会いました。あのクラスメートは来年日本に行きます。
ki.no.u./ku.ra.su.me.e.to.ni./a.i.ma.shi.ta./a.no.ku.ra.
su.me.e.to.wa./ra.i.ne.n./ni.ho.n.ni./i.ki.ma.su.

昨天我遇到同學。那位同學明年要去日本。

昨日、同僚に会いました。その同僚は
会社を辞めます。
ki.no.u./do.u.ryo.u.ni./a.i.ma.hsi.ta./so.no.do.u.ryo.u.wa./
ka.i.sha.o./ya.e.ma.su.
昨天我遇到同事。那位同事要辭職了。

庭に犬がいます。その犬はうちのポチで
す。
ni.wa.ni./i.nu.ga./i.ma.su./so.no.i.nu.wa./u.chi.no./po.chi.
de.su.
院子裡有隻狗。那隻狗就是我養的波奇。

單字

あそこ　【那裡】
a.so.ko.

まずい　【難吃】
ma.zu.i.

▶ は－限定的主題時

説明

要在眾多事物中指出其中一個再加以説明時，要先指出該項事物的特點，以讓聽話的對方知道指定的主題是誰，然後找到主題後，發話者，再針對主題作出説明。像這樣的情形，在面臨限定的主題時，後面就要用助詞「限定」。

例句

あの背の高い人はだれですか。
a.no./se.no./ta.ka.i./hi.to./wa./da.re./de.su.ka.
那個高的人是誰？

（限定條件：あの高い／主題：人）

あのきれいな携帯はだれのですか。
a.no./ki.re.i.na./ke.i.ta.i./wa./da.re.no./de.su.ka.
那個漂亮的手機是誰的？

（限定條件：あのきれいな／主題：携帯）

その汚いバッグは私のです。
so.no./ki.ta.na.i./ba.ggu.wa./wa.ta.shi.no./de.su.
那個很髒的包包是我的。

（限定條件：その汚い／主題：バッグ）

その白い犬は怖いです。
so.no./shi.ro.i.i.nu.wa./ko.wa.i.de.su.

那隻白色的狗很可怕。

（限定條件：その白い／主題：犬）

新型の掃除機は便利です。
shi.n.ga.ta.no./so.u.ji.ki.wa./be.n.ri.de.su.

新型的吸塵器很方便。

（限定條件：新型／主題：掃除機）

單字

背 【身高】
se.

だれ 【誰】
da.re.

携帯 【手機】
ke.i.ta.i.

新型 【新型】
shi.n.ga.ta.

掃除機 【吸塵器】
so.u.ji.ki.

▶ は−選出一項主題加以強調

說 明

　　在眾多的物品中，舉出其中一個加以強調時，被舉出的主題後面，就要用「は」。

例 句

お腹が一杯です。でもケーキは食べたいです。

o.na.ka./ga./i.ppa.i./de.su./de.mo./ke.e.ki./wa./ta.be.ta.i./de.su.

（お腹が一杯です：吃得很飽。／でも：但是）

已經吃飽了。但是還想吃蛋糕。（吃飽了理應吃不下其他東西，但在眾多食物中舉出蛋糕這項主題，強調有蛋糕的話，就會想吃）

肉が嫌いですが、 魚 は食べます。

ni.ku./ga./ki.ra.i./de.su.ga./sa.ka.na./wa./ta.be.ma.su.

不喜歡吃肉，但是吃魚。（雖然討厭肉類，但是從肉類中舉出魚為主題，強調會吃魚肉）

いつも遅いですが、今日は早く帰ります。

i.tsu.mo./o.so.i./de.su.ga./kyo.u.wa./ha.ya.ku./ka.e.ri.ma.su.

一直都很晚回家，今天提早回家。（舉出今天為主題，強調今天特別早回家）

たくさんの料理を食べました。味噌汁はお

いしかったです。

ta.ku.sa.n.no./ryo.u.ri.o./ta.be.ma.shi.ta./mi.so.shi.

ru.wa./o.i.shi.ka.tta.de.su.

吃了很多道菜。其中味噌湯很好喝。（從眾多菜肴中舉出
味噌湯為主題，強調它很美味）

旅行は嫌いですが、日本は行きたいです。

ryo.ko.u.wa./ki.ra.i.de.su.ga./ni.ho.n.wa./i.ki.ta.i.de.su.

不喜歡旅行，但想去日本。（從眾多國家中舉出日本，強
調只想去日本）

單字

肉 【肉】
ni.ku.

魚 【魚】
sa.ka.na.

練習，
是學習語言的唯一途徑。

Point.20

助詞應用
助詞—が

▶ が

說明

　　「が」在句子中，多半是和「は」一樣放在主語的後面，但使用「が」時的句意略有不同。另外，當「が」放在句尾的時候，又有截然不同的意思。在此，將「が」大致分為以下幾種用法：

1. 在自動詞句的主語後面
2. 表示某主題的狀態
3. 表示對話中首次出現的主題
4. 表示能力
5. 表示心中感覺
6. 表示感覺
7. 表示所屬關係
8. 逆接
9. 開場
10. 欲言又止

➤ が－在自動詞句的主語後面

說明

在自動詞句篇中學到的自動詞句，都是在主語後面使用「が」。（若遇到特殊的情形，也會有使用「は」的句子，但在此以一般的情狀為主，以方便記憶）

例句

商店街に人が大勢います。
sho.u.te.n.ga.i./ni./hi.to./ga./o.o.ze.i./i.ma.su.
商店街有大批的人潮。（表示存在）

雪が降ります。
yu.ki./ga./fu.ri.ma.su.
下雪。（表示自然現象）

電車が来ます。
de.n.sha./ga./ki.ma.su.
電車來了。（表示事物的現象）

デパートでみなが買い物します。
de.pa.a.to./de./mi.n.na./ga./ka.i.mo.no.shi.ma.su.
大家在百貨公司裡買東西。（表示人的行為）

單字

商店街 【商店街】

sho.u.te.n.ga.i.

大勢 【人潮多、很多】

o.o.ze.i.

雪 【雪】

yu.ki.

電車 【電車】

de.n.sha.

デパート 【百貨公司】

de.pa.a.t.

みな 【大家】

mi.na.

▶ が－表示某主題的狀態

說明

在學習形容詞句的時候，我們曾經學習過「うさぎは耳が長いです」這樣的句子。在句子中「うさぎ」是敘述的主題，而「耳が長い」則是表示其狀態，因為句子中同時有兩個主語，所以後面表示敘述的主語就會使用「が」。

例句

キリンは首が長いです。
ki.ri.n.wa./ku.bi.ga./na.ga.i./de.su.
長頸鹿的脖子很長。

うさぎは耳が長いです。
u.sa.gi./wa./mi.mi./ga./na.ga.i./de.su.
兔子耳朵很長。

佐藤さんは足が長いです。
sa.to.u.sa.n.wa./a.shi.ga./na.ga.i.de.su.
佐藤先生（小姐）的腿很長。

長谷川先生は髪が短いです。
ha.se.ga.wa.se.n.se.i.wa./ka.mi.ga./mi.ji.ka.i.de.su.
長谷川老師的頭髮很短。

あの人は 頭 がいいです。
a.no.hi.to.wa./a.ta.ma.ga./i.i.de.su.
那個人的頭腦很好。

日本は山が多いです。
ni.ho.n.wa./ya.ma.ga./o.o.i.de.su.
日本的山很多。

あの店はデザートがおいしいです。
a.no.mi.se.wa./de.za.a.to.ga./o.i.shi.i.de.su.
那家店的甜點很好吃。

あの学生は成績がいいです。
a.no.ga.ku.se.i.wa./se.i.se.ki.ga./i.i.de.su.
那個學生的成績很好。

單字

キリン 【長頸鹿】
ki.ri.n.

▶ が－表示對話中首次出現的主題

說明

前面學習「は」的時候，説過在對話中的主題出現第二次時，就要使用「は」。那麼在第一次出現時，則是要使用「が」來提示對方這個主題的存在，説明這是話題中第一次出現這個主題。

例句

そこに白い椅子があります。それはいくらですか。
so.ko./ni./shi.ro.i./i.su./ga./a.ri.ma.su./so.re./wa./i.ku.ra./de.su.ka.
那裡有張白色的衣子。那張椅子多少錢呢？

あそこにきれいな女の人がいます。あの人は私の母です。
a.so.ko./ni./ki.re.i.na./o.n.na./no./hi.to./ga./i.ma.su./a.no.hi.to./wa./wa.ta.shi./no./ha.ha./de.su.
那裡有一位美麗的女人。那個人就是我母親。

庭にかわいい犬がいます。その犬はほえません。
ni.wa.ni./ka.wa.i.i./i.nu.ga./i.ma.su./so.no.i.nu.wa./

ho.e.ma.se.n.
院子裡有一隻可愛的狗。那隻狗不會叫。

そこに高い木があります。それは松です。

so.ko.ni./ta.ka.i./ki.ga./a.ri.ma.su./so.re.wa./ma.tsu.
de.su.

那裡有一棵高的樹。那是松樹。

うちに猫がいます。その猫は黒いです。

u.chi.ni./ne.ko./ga./i.ma.su./so.no.ne.ko./wa./ku.ro.i./
de.su.

我家有隻貓。那隻貓是黑色的。

あそこにレストランがあります。そのレストランはおいしいです。

a.so.ko./ni./re.su.to.ra.n./ga./a.ri.ma.su./so.no./re.su.
to.ra.n./wa./o.i.shi.i./de.su.

那裡有間餐廳。那間餐廳的菜很好吃。

が-表示能力

說明

　　在句子中，要表示自己有能力可以做到什麼事情，在敘述這件事情時就要用「が」。例如：會彈琴、會打球、擅長、不擅長、理解……等，這樣動作依照前面學過的文法，應該都是他動詞，但是因為要表示能夠做到這些事，於是都是用「が」來表示。（句中的動詞則為可能形）

例句

わたし　　　やきゅう
私 は野球ができます。

（できます：辦得到）

wa.ta.shi./wa./ya.kyu.u./ga./de.ki.ma.su.
我會打棒球。

かのじょ　　にほんご　　はな
彼女は日本語が話せます。

ka.no.jo./wa./ni.ho.n.go./ga./ha.na.se.ma.su.
她會説日文。

あに　くるま　　うんてん
兄は車が運転できます。

a.ni./wa./ku.ru.ma./ga./u.n.te.n./de.ki.ma.su.
哥哥會開車。

ひと　えいご　　じょうず
あの人は英語が上手です。

a.no.hi.to./wa./e.i.go./ga./jo.u.zu./de.su.
那個人英文説得很好。

妹 は数学が苦手です。
i.mo.u.to.wa./su.u.ga.ku.ga./ni.ga.te.de.su.
妹妹不擅長數學。

先生はドイツ語がわかります。
se.n.s.ei.wa./do.i.tsu.go.ga./wa.ka.ri.ma.su.
老師會説德語。

私 は馬に乗ることができます。
wa.ta.shi.wa./u.ma.ni./no.ru.ko.to.ga./de.ki.ma.su.
我會騎馬。

あのアメリカ人は漢字が書けます。
a.no.a.me.ri.ka.ji.n.wa./ka.n.ji.ga./ka.ke.ma.su.
那個美國人會寫漢字。

単字

ドイツ語 【德語】
do.i.tsu.go.

漢字 【漢字】
ka.n.ji.

が－表示心中感覺

說明

在句子中表示自己的喜好、不安、願望、要求、希望、關心……等心中的感覺時，在表示關心的事物後面，是用「が」來表示。值得注意的是，在句中用到的動詞，前面主要都是和「が」連用。另外，表示心中感覺的句子，通常都是以「我」為主角。若主詞是「你」時，通常是疑問句，而主詞是「第三人稱」時，則有特殊變化的句型，在此不做介紹。

例句

私 は釣りが好きです。

（好き：喜歡）

wa.ta.shi./wa./tu.ri./ga./su.ki.de.su.

我喜歡釣魚。

あなたは 魚 が嫌いですか。

（嫌い：討厭）

a.na.ta./wa./sa.ka.na./ga./ki.ra.i./de.su.ka.

你不喜歡魚嗎？

私 は娘が心 配 です。

wa.ta..shi.wa./mu.su.me.ga./shi.n.pa.i.de.su.

我擔心女兒。

私 は日本語に興味があります。

wa.ta.shi.wa./ni.ho.n.go.ni./kyo.u.mi.ga./a.ri.ma.su.

我對日語有興趣。

私 は旅行したいです。

（したい：想要）

wa.ta.shi.wa./ryo.ko.u.shi.ta.i.de.su.

我想去旅行。

私 はあの赤い服がほしいです。

（ほしい：想要）

wa.ta.shi.wa./a.no./a.ka.i.fu.ku.ga./sho.shi.i.de.su.

我想要那件紅色的衣服。

單字

釣り 【釣魚】
tsu.ri.

興味 【興趣】
kyo.u.mi.

が－表示感覺

說明

在句子中要表現視覺、聽覺、味覺、觸覺、嗅覺、預感等感覺時，要在感覺到的事物後面加上助詞「が」。

例句

ここから<ruby>学校<rt>がっこう</rt></ruby>が<ruby>見<rt>み</rt></ruby>えます。
ko.ko./ka.ra./ga.kko.u./ga./mi.e.ma.su.ka.
從這裡可以看見學校。（視覺）

ホテルから<ruby>海<rt>うみ</rt></ruby>が<ruby>見<rt>み</rt></ruby>えます。
ho.te.ru./ka.ra./u.mi.ga./mi.e.ma.su.
從飯店可以看見海。（視覺）

<ruby>私<rt>わたし</rt></ruby> の<ruby>家<rt>いえ</rt></ruby>から<ruby>山<rt>やま</rt></ruby>が<ruby>見<rt>み</rt></ruby>えます。
wa.ta.shi.no./i.e.ka.ra./ya.ma.ga./mi.e.ma.su.
從我家可以看到山。（視覺）

<ruby>外<rt>そと</rt></ruby>から<ruby>車<rt>くるま</rt></ruby> の<ruby>音<rt>おと</rt></ruby>が<ruby>聞<rt>き</rt></ruby>こえます。
so.to.ka.ra./ku.ru.ma.no./o.to.ga./ki.ko.e.ma.su.
外面傳來車子的聲音。（聽覺）

<ruby>夜<rt>よる</rt></ruby>、<ruby>寝<rt>ね</rt></ruby>る<ruby>時<rt>とき</rt></ruby>、<ruby>何<rt>なに</rt></ruby>が<ruby>聞<rt>き</rt></ruby>こえますか。
yo.ru./ne.ru.to.ki./na.ni.ga./ki.ko.e.ma.su.ka.
晚上睡覺時會聽到什麼呢？（聽覺）

チャイムが聞こえます。
cha.i.mu./ga./ki.ko.e.ma.su.
聽到鐘聲。（聽覺）

変なにおいがします。
he.n.na./ni.o.i./ga./shi.ma.su.
有怪味道。（嗅覺）

甘い味がします。
a.ma.i./a.ji./ga./shi.ma.su.
（吃起來）有甜甜的味道。（味覺）

単字

チャイム 【鐘聲】
cha.i.mu.

におい 【味道】
ni.o.i.

が-表示所屬關係

說明

　　表示「擁有」某樣東西時，通常是用「あります」「います」這些動詞。而在擁有的東西後面，要加上助詞「が」來表示是所屬的關係。

例句

うちは部屋が五つあります。
u.chi.wa./he.ya.ga./i.tsu.tsu./a.ri.ma.su.
我家有五個房間。

私は車が一台あります。
wa.ta.shi.wa./ku.ru.ma.ga./i.chi.da.i./a.ri.ma.su.
我有一臺車。

彼女は家族が三人います。
ka.no.jo.wa./ka.zo.ku.ga./sa.n.ni.n./i.ma.su.
她有三位家人。

彼は友達がたくさんいます。
ka.re./wa./to.mo.da.chi./ga./ta.ku.sa.n./i.ma.su.
他有很多朋友。

▶ が－逆接

說明

「が」除了可以放在名詞後面之外，也可以放在句子的最後面，表示其他不同的意思。當前後文的意思相反時，在前句的最後面，加上助詞「が」，即是表示下一句話和這一句話的意思完全相反。

例句

成績はいいですが、性格は悪いです。
se.i.se.ki./wa./i.i./de.su.ga./se.i.ka.ku./wa./wa.ru.i./de.su.
成績很好，但是個性很惡劣。

きれいですが、冷たいです。
ki.re.i./de.su.ga./tsu.me.ta.i./de.su.
長得很漂亮，但是很冷淡。

あの店は高いですが、まずいです。
a.no.mi.se.wa./ta.ka.i./de.su.ga./ma.zu.i./de.su.
那間店很貴，但很難吃。

商店街は昼はにぎやかですが、夜は静か
です。
sho.u.te.n.ga.i.wa./hi.ru.wa./ni.gi.ya.ka.de.su.ga./yo.ru.
wa./shi.zu.ka.de.su.
商店街白天很熱鬧，但晚上很安靜。

両親は日本にいますが、私は台湾にいます。
ryo.u.shi.n.wa./ni.ho.n.ni./i.ma.su.ga./wa.ta.shi.wa./
ta.i.wa.n.ni./i.ma.su.
父母在日本，但我在台灣。

頑張りましたが、負けてしまいました。
ga.n.ba.ri.ma.shi.ta.ga./ma.ke.te./shi.ma.i.ma.shi.ta.
雖然盡力了，但還是輸了。

単字

成績　【成績】
se.i.se.ki.

性格　【性格】
se.i.ka.ku.

悪い　【不好的】
wa.ru.i.

冷たい　【冷的、冷淡的】
tsu.me.ta.i.

▶ がー開場

　　在日文中，要開口和人交談時，若是陌生人或是較禮貌的場合時，一開始都會先用「すみませんが」來引起對方的注意。就像是中文裡，想要引起對方注意時，會説「不好意思」「請問…」一樣。因此，在會話開場時，會在「すみません」等詞的後面再加上助詞「が」。

例句

あの、すみませんが、図書館はどこですか。
a.no./su.mi.ma.se.n./ga./to.sho.ka.n./wa./do.ko./de.su.
ka.
不好意思，請問圖書館在哪裡呢？

あのう、すみませんが、トイレはどこですか。
a.no.u./su.mi.ma.se.n.ga./to.i.re.wa./do.ko.de.su.ka.
不好意思，請問廁所在哪裡？

すみませんが、今何時ですか。
su.mi.ma.se.n.ga./i.ma./na.n.ji.de.su.ka.
不好意思，請問現在幾點？

田中と申しますが、竹口さんはいらっしゃいますか。

ta.na.ka.to./mo.u.shi.ma.su.ga./ta.ke.gu.chi.sa.n.wa./
i.ra.sshe.i.ma.su.ka.

敝姓田中，請問竹口先生在嗎？

今日田中さんに会うんですが、なにか伝え
ておくことがありますか。

kyo.u./ta.na.ka.sa.n./ni./a.u.n./de.su.ga./na.ni.ka./tsu.
ta.e.te./o.ku.ko.to.ga./a.ri.ma.su.ka.

我今天會去見田中先生，有什麼事需要我轉達嗎？

つまらないものですが、どうぞ召し上がって
ください。

tsu.ma.ra.na.i./mo.no./de.su.ga./do.u.zo./me.shi.a.ga.
tte./ku.da.sa.i.

一點小意思，請品嚐。

（這句為常用的句子，可當成慣用句來背誦）

これ、つまらないものですが。

ko.re./tsu.ma.ra.na.i./mo.no./de.su./ga.

這是一點小意思，不成敬意。

（這句為常用的句子，可當成慣用句來背誦）

▶ が-欲言又止

説明

　　對於難以啟齒的事情或是請求，在句尾加上「が」，可以讓語氣變得委婉。

例句

すみません、そこ、私の席なんですが。
su.mi.ma.se.n./so.ko./wa.ta.shi.no./se.ki./na.n.de.su.ga.
不好意思，那是我的位置。（委婉請對方讓位）

あのう、邪魔なんですが。
a.no.u./ja.ma.na.n./de.su.ga.
那個，你礙到我了。（委婉請對方讓開）

すみませんが、お先に失礼させていただきたいのですが。
su.mi.ma.se.n./o.sa.ki.ni./shi.tsu.re.i./sa.se.te./i.ta.da.ki.ta.i.no./de.su.ga.
不好意思，我想先離走一步。（請求對方同意）

あのう、実は午後の会議に出られないのですが。
a.no.u./ji.tsu.wa./go.go.no./ka.i.gi.ni./da.ra.re.na.i.no./de.su.ga.
那個，我沒辦法出席下午的會議了。（請求對方原諒）

あのう、ここは間違っていると思うんですが。

a.no.u./ko.ko.wa./ma.chi.ga.tte./i.ru.to./o.mo.u.n./de.su.ga.

那個，這裡好像錯了。(委婉指出錯誤之處)

單字

席 【座位】
se.ki.

邪魔 【礙事】
ja.ma.

間違います 【弄錯、搞錯】
ma.chi.ga.i.ma.su.

出ます 【出席、出現、出來】
de.ma.su.

Point.21

助詞應用
助詞—も、の

▶ も

說明

「も」是表示「也」的意思，舉出的主題有相同的特性的時候，就可以使用「も」。另外，「も」也可以用來表示對數量、程度的強調，表示主題「竟也」到達一種誇張的程度。以下整理「も」的用法。

1. 表示共通點
2. 與疑問詞連用
3. 強調程度

▶ も−表示共通點

說明

　　兩項主題間具有相同的共通點時，可以用「も」來表示「也是」的意思。使用的時候有兩種情況，一種是只加在後面出現的主語，另一種則是後前兩個主語都使用「も」。

例句

彼は台湾から来ました。 私も台湾から来ました。

ka.re./wa./ta.i.wa.n./ka.ra./ki.ma.shi.ta./wa.ta.shi./mo./ta.i.wa.n./ka.ra./ki.ma.shi.ta.

他是從來台灣來的，我也是從台灣來的。

彼女は医者です。 私も医者です。

ka.no.jo.wa./i.sha.de.su./wa.ta.shi.mo./i.sha.de.su.

她是醫生，我也是醫生。

姉も東京で生まれました。 妹も東京で生まれました。

a.ne.mo./to.u.kyo.u.de./u.ma.re.ma.shi.ta./i.mo.u.to.mo./to.kyo.u.de./u.ma.re.ma.shi.ta.

姊姊是東京出生的，妹妹也是東京出生的。

野菜も肉も好きです。

ya.sa.i.mo./ni.ku.mo./su.ki.de.su.
蔬菜和肉類都喜歡。

本も雑誌もあります。
ほん ざっし

ho.n.mo./za.sshi.mo./a.ri.ma.su.
書和雜誌都有。

服もバッグも買いたいです。
ふく か

fu.ku.mo./ba.ggu.mo./ka.i.ta.i.de.su.
想買衣服和包包。

学校までは電車でもバスでも行けます。
がっこう でんしゃ い

ga.kko.u./ma.de.wa./de.n.sha.de.mo./ba.su.de.mo./i.ke.ma.su.
坐火車或公車都可以到學校。

井上さんも河本さんも英語が得意だそうです。
いのうえ こうもと えいご とくい

i.no.u.e.sa.n.mo./ko.u.mo.to.sa.n.mo./e.i.go.ga./to.ku.i./da.so.u./de.su.
井上先生和河本先生，好像都擅長英文。

鈴木さんにも増田さんにも連絡しておきました。
すずき ますだ れんらく

su.zu.ki.sa.n.ni.mo./ma.su.da.sa.n.ni.mo./re.n.ra.ku.shi.te./o.ki.ma.shi.ta.
我已經聯絡了鈴木先生和增田先生了。

も－與疑問詞連用

說明

「も」和疑問詞連用的時候，可以當成是「都」的意思。例如「どれも」就是「每個都」的意思。而疑問詞和「も」連用，通常都是具有強烈肯定或否定的意思。

どれ＋も→どれも
（不管）哪個都
いつ＋も→いつも
一直都／隨時都
どこ＋も→どこも
哪裡都／到處都
なに＋も→なにも
（不管）什麼都

例句

どれもいい作品です。
do.re.mo./i.i./sa.ku.hi.n./de.su.
不管哪個都是好作品。

いつも忙しいです。
i.tsu.mo./i.so.ga.shi.i./de.su.
一直都很忙。

どこへも出かけませんでした。

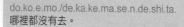

do.ko.e.mo./de.ka.ke.ma.se.n.de.shi.ta.
哪裡都沒有去。

何も見ません。
na.ni.mo./mi.ma.se.n.
什麼都不看。

何も食べていないです。
na.ni.mo./ta.be.te./i.na.i./de.su.
什麼都沒吃。

何も考えていないです。
na.ni.mo./ka.n.ga.e.te./i.na.i.de.su.
什麼都沒想。

何も言えません。
na.ni.mo./i.e.ma.se.n.
無話可説。/無法言喻。

▶ も－強調程度

說明

　　在句子中，要強調數量的多寡、程度的強烈時，可以在句中的數字後面加上「も」，表示「竟然也有這麼多」的意思。或是在名詞後面加上「も」，表示竟然連這件事都不做或是竟然連這個都沒有。

例句

こうえん ひゃくにん
公園に百人もいます。
ko.u.e.n./ni./hya.ku.ni.n./mo./i.ma.su.
公園裡竟然有一百個人。

いっぱいいちまんえん
一杯一万円もしました。
i.ppa.i./i.chi.ma.n.e.n./mo./shi.ma.shi.ta.
一杯竟然要一萬日幣。

にじかん
二時間もかかりました。
ni.ji.ka.n.mo./ka.ka.ri.ma.shi.ta.
竟然花了兩個小時。

かのじょ いちびょう いっしょ
彼女と一秒も一緒にいたくないです。
ka.no.jo.to./ichi.byo.u./i.ssho.ni./i.ta.ku.na.i./de.su.
一秒鐘都不想和她在一起。

さんじっぽん の
ビールを三十本も飲みました。

bi.i.ru.o./sa.n.ji.ppo.n.mo./no.mi.ma.shi.ta.
竟然喝了三十瓶啤酒。

のどが痛くて水も飲めません。
no.do.ga./i.ta.ku.te./mi.zu.mo./no.me.ma.se.n.
喉嚨很痛，連水都沒辦法喝。

雨はもう一週間も降っています。
a.me.wa./mo.u./i.sshu.u.ka.n.mo./fu.tte./i.ma.su.
雨已經連下一星期了。

白菜1個が500円もするなんて…。
ha.ku.sa.i./i.kko.ga./go.hya.ku.e.n.mo./su.ru.na.n.te.
一個白菜竟然要500日圓。

欲しいですけど、20万円もするなら、買え
ません。
ho.shi.i./de.su.ke.do./ni.ju.u.ma.n.e.n.mo./su.ru.na.ra./ka.e.ma.se.n.
雖然想要，但如果要價20萬的話，我買不起。

▶ の

説明

「の」是表示「的」，具有表示所屬、說明屬性的意思。像是「私の本」裡的「の」，就是「我的書」中「的」的意思。

例句

せんせい　くるま
先生の 車 です。
se.n.se.i./no./ku.ru.ma./de.su.
老師的車。（表示所屬關係）

にほんじん　べんごし
日本人の弁護士です。
ni.ho.n.ji.n.no./be.n.go.shi.de.su.
日籍律師。（表示屬性）

よじ　ひこうき
四時の飛行機です。
yo.ji.no./hi.ko.u.ki.de.su.
四點的飛機。（表示屬性）

かわ
革のジャケットです。
ka.wa.no./ja.ke.tto.de.su.
皮製的夾克。（表示屬性）

たいわん　たいぺい
台湾の台北です。
ta.i.wa.n.no./ta.i.pe.i.de.su.

台灣的台北。（表示位置關係）

すうがく　ほん
数学の本です。
su.u.ga.ku.no./ho.n.de.su.
數學相關的書。（表示屬性）

にほんご　せんせい
日本語の先生です。
ni.ho.n.go.no./se.n.se.i./de.su.
日語老師。（表示屬性）

たなか　　おくさま
田中さんの奥様です。
ta.na.ka.sa.n.no./o.ku.sa.ma.de.su.
田中先生的老婆。（表示屬性）

せい　いす
ドイツ製の椅子です。
do.i.tsu.se.i.no./i.su.de.su.
德國製的椅子。（表示屬性）

Point.22

助詞應用
助詞—を、か

▶ を

說明

「を」通常使用在他動詞和自動詞中的移動動詞前面。剛好在前面的自動詞句和他動詞句中，都學習過「を」的用法。這裡再次加以整理複習。

1. 表示他動詞動作的對象
2. 表示移動動詞動作的場所
3. 從某處出來

を－表示他動詞動作的對象

說明

當「を」出現在名詞後面的時候，是表示動詞所動作的對象，這時的名詞也就是一般所説的「受詞」。

例句

ジュースを飲みます。
ju.u.su./o./no./mi.ma.su.
喝果汁。

料理を作ります。
ryo.u.ri.o./tsu.ku.ri.ma.su.
做菜。

本を読みます。
ho.n.o./yo.mi.ma.su.
讀書。

ニュースを見ます。
nyu.u.su.o./mi.ma.su.
看新聞。

花を買いました。
ha.na.o./ka.i.ma.shi.ta.
買了花。

え か
絵を描きました。
e.o./ka.ki.ma.shi.ta.
畫了畫。

しゅくだい
宿題をやります。
shu.ku.da.i./o./ya.ri.ma.su.
寫功課。

おんがく き
音楽を聞きます。
wa./o.n.ga.ku./o./ki.ki.ma.su.
聽音樂。

えいが み
映画を見ます。
wa./e.i.ga./o./mi.ma.su.
看電影。

ふく か
服を買います。
fu.ku./o./ka.i.ma.su.
買衣服。

▶ を－表示移動動詞動作場所

説明

在前面的自動詞篇章中，曾經提到自動詞中有種特別的動詞，叫做「移動動詞」，而在移動動詞中，有一種表示在某區域、場所間移動的動詞，這種動詞，就要使用「を」來表示移動的地點和場所。

例句

公園を散歩します。
ko.u.e.n./o./sa.n.po.shi.ma.su.
在公園裡散步。

道を歩きます。
mi.chi./o./a.ru.ki.ma.su.
在路上走。／走路。

道を通ります。
mi.chi./o./to.o.ri.ma.su.
通過道路。

海を渡ります。
u.mi./o./wa.ta.ri.ma.su.
渡海。

鳥が空を飛びます。

to.ri./ga./so.ra./o./to.bi.ma.su.
鳥在空中飛翔。

プールを泳ぎます。
pu.u.ru.o./o.yo.gi.ma.su.
在泳池游泳。

海を泳ぎます。
u.mi.o./o.yo.gi.ma.su.
在海裡游泳。

單字

海 【海】
u.mi.

渡ります 【渡、穿越】
wa.ta.ri.ma.su.

空 【天空】
so.ra.

▶ を－從某處出來

說明

要表示從某個地方出來，是在場所的後面加上「を」。（和起點的意思不同，而是單純指從某地方裡面出來到外面的感覺）

例句

あさ　いえ　で
朝、家を出ます。
a.sa./i.e./o./de.ma.su.
早上從家裡出來。

たいぺい　　　　　お
台北でバスを降ります。
ta.i.pe.i./de./ba.su./o./o.ri.ma.su.
在台北下了公車。

ふね　みなと　はな
船が港を離れます。
fu.ne.ga./mi.na.to.o./ha.na.re.ma.su.
船離開了港口。

だいがく　で
大学を出ました。
da.i.ga.ku.o./de.ma.shi.ta.
從大學畢業了。

かれ　たんきだいがく　で
彼は短期大学を出ています。
ka.re.wa./ta.n.ki.da.i.ga.ku.o./de.te.i.ma.su.
他是短期大學畢業的。

▶ か

說 明

　　「か」是表示疑問的意思，通常是放在句尾，或者是名詞的後面使用。大致可以分成兩種用法：
1. 表示疑問或邀約
2. 選項
3. 不特定的對象

か-表示疑問或邀約

說明

在前面學過的名詞句、形容詞句、動詞句中，要寫成
疑問的型式時，都是在句末加上助詞「か」。相信大家對
它用法已經十分熟悉了。

例句

あの人は誰ですか。
a.no.hi.to.wa./da.re.de.su.ka.
那個人是誰？（表示疑問）

どこへ行きたいですか。
do.ko.e./i.ki.ta.i.de.su.ka.
想去哪裡呢？（表示疑問）

いいですか。
i.i.de.su.ka.
可以嗎？／好嗎？（表示疑問）

このかばんはあなたのですか。
ko.no./ka.ba.n./wa./ta.na.ta./no./de.su.ka.
那個包包是你的嗎？（表示疑問）

一緒に映画を見に行きませんか。
i.ssho.ni./e.i.ga./o./mi./ni./i.ki.ma.se.n.ka.

助詞應用：助詞—を、か　281

要不要一起去看電影？（詢問對方意願）

お食事に行きましょうか。
o.sho.ku.ji./ni./i.ki.ma.sho.u.ka.
要不要一起去吃飯？（表示邀請）

ニュースを見ましたか。
nyu.u.su./o./mi.ma.shi.ta.ka.
看過新聞了嗎？

肉を食べませんか。
ni.ku./o./ta.be.ma.se.n.ka.
不吃肉嗎？

單字

かばん 【包包】
ka.ba.n.

▶ か一選項

在句子中列出兩個以上的選項，要從其中選擇。這時選項的後面加上「か」即表示選擇其中一項的意思，就如同中文裡的「或者」之意。

例句

ボールペンか鉛筆で書きます。
bo.o.ru.pe.n./ka./e.n.pi.tsu./de./ka.ki.ma.su.
用原子筆或是鉛筆寫。

飲み物か食べ物を選びます。
no.mi.mo.no.ka./ta.be.mo.no.o./e.ra.bi.ma.su.
選喝的或是吃的。

毎朝、牛乳か紅茶を飲みます。
ma.i.a.sa./gyu.u.nyu.u.ka./ko.u.cha.o./no.mi.ma.su.
每天早上喝牛奶或是紅茶。

イギリスかアメリカへ行きます。
i.gi.ri.su.ka./a.me.ri.ka.e./i.ki.ma.su.
去英國或是美國。

野菜か肉を買います。
ya.sa.i.ka./ni.ku.o./ka.i.ma.su.

買菜或是肉。

プリントかノートを貸します。
pu.ri.n.to.ka./no.o.to.o./ka.shi.ma.su.

借講義或筆記本給別人。

バスか電車で行くつもりです。
ba.su.ka./de.n.sha.de./i.ku./tsu.mo.ri./de.su.

打算坐公車或是火車去。

進学か就職かで悩んでいます。
shi.n.ga.ku.ka./shu.u.sho.ku.ka.de./na.ya.n.de./i.ma.su.

正在煩惱是要升學還是就業。

單字

ボールペン 【原子筆】
bo.o.ru.pe.n.

鉛筆 【鉛筆】
e.n.pi.tsu.

プリント 【講義】
pu.ri.n.to.

か－表示不特定的對象

說明

在疑問詞的後面，加上「か」，可以用來表是不特定的對象。像是在「だれ」的後面加上「か」，即表示「某個人」的意思。

だれ＋か→だれか
某個人
どこ＋か→どこか
某處
なに＋か→なにか
某個
いつ＋か→いつか
某個時候

例句

誰かがこっちに来ます。
da.re.ka./ga./ko.cchi./ni./ki.ma.su.
有某個人向這裡走來。

どこかにおきましたか。
do.ko.ka./ni./o.ki.ma.shi.ta.ka.
放在哪裡了呢？

何か食べ物がありませんか。

na.ni.ka./ta.be.mo.no./ga./a.ri.ma.se.n.ka.
有沒有什麼吃的？

いつかまた会いましょう。
i.tsu.ka./ma.ta./a.i.ma.sho.u.
某個時候還會再見面的。／後會有期。

この仕事は田中さんか誰かに頼むつもりで
す。
ko.no./shi.go.to.wa./ta.na.ka.sa.n.ka./da.re.ka.ni./ta.no.
mu./tsu.mo.ri./de.su.
這工作我打算拜託田中先生或是其他人做。

プレゼントはお花か何かにしよう。
pu.re.ze.n.to.wa./o.ha.na.ka./na.ni.ka.ni./shi.yo.u.
禮物打算送花還是其他東西。

また明日かいつかお電話しましょうか。
ma.ta./a.shi.ta.ka./i.tsu.ka./o.de.n.wa./shi.ma.sho.u.ka.
明天或是改天什麼時候再打電話給你。

Point.23

助詞應用
助詞—に、へ、で

▶ に

説明

「に」可以用來表示進行動作的地點、目的地、時間……等。大致可分為下列幾種：

1. 表示存在的場所
2. 表示動作的場所
3. 表示動作的目的
4. 表示目的地
5. 表示時間
6. 表示變化的結果

に－表示存在的場所

說明

在表示地方的名詞後面加上「に」，表示物品或人物位於某個地點。通常和前面所學過的「あります」「います」配合使用。

例句

机 の上にお菓子があります。
tsu.ku.e./no./u.e./ni./o.ka.shi./ga./a.ri.ma.su.
桌上有零食。

庭に犬がいます。
ni.wa./ni./i.nu./ga./i.ma.su.
院子裡有狗。

棚の上に本があります。
ta.na.no./u.e.ni./ho.n.ga./a.ri.ma.su.
架子上有書。

教室に学生がいます。
kyo.u.shi.tsu.ni./ga.ku.se.i.ga./i.ma.su.
教室裡有學生。

部屋にベッドがあります。
he.ya.ni./be.ddo.ga.a.ri.ma.su.

房間裡有床。

学校は名古屋にあります。
ga.kko.u.wa./na.go.ya.ni./a.ri.ma.su.
學校在名古屋。

単字

机　【桌子】
tsu.ku.e.

上　【上面】
u.e.

お菓子　【零食、甜點】
o.ka.shi.

庭　【院子】
ni.wa.

▶ に－表示動作進行的場所

說明

一個動作一直固定在某個地方進行的時候，就會在場所的後面用「に」來表示是長期、穩定的在該處進行動作。若是短暫的動作時，則是用「で」來表示。（可參照後面「で」的介紹。）

例句

しゅっぱんしゃ つと
出版社に勤めます。
shu.ppa.n.sha./ni./tsu.to.me.ma.su.
在出版社工作。

（表示長期在出版社上班）

こうえん すわ
公園のベンチに座ります。
ko.u.e.n./no./be.n.chi./ni./su.wa.ri.ma.su.
坐在公園的長椅上。

（表示坐在椅子上穩定的狀態）

ここにおきます。
ko.ko./ni./o.ki.ma.su.
放在這裡。

（表示放置在這裡的穩定狀態）

な ご や す
名古屋に住んでいます。

na.go.ya.ni./su.n.de.i.ma.su.
住在名古屋。

（表示長期住在名古屋）

台湾の台中市に住んでいます。
ta.i.wa.n.no./ta.i.chu.u.n.shi.ni./su.n.de.i.ma.su.
住在台灣台中市。

単字

勤めます 【工作、服務於】
tsu.to.me.ma.su.

ベンチ 【長椅】
be.n.chi.

おきます 【放置】
o.ki.ma.su.

に－表示動作的目的

例句

<ruby>映画<rt>えいが</rt></ruby>を<ruby>見<rt>み</rt></ruby>に<ruby>行<rt>い</rt></ruby>きます。
e.i.ga./o./mi./ni./i.ki.ma.su.
去看電影。

<ruby>留学<rt>りゅうがく</rt></ruby>に<ruby>来<rt>き</rt></ruby>ました。
（名詞＋に）
ryu.u.ga.ku./ni./ki.ma.sh.ta.
來留學。

ご<ruby>飯<rt>はん</rt></ruby>を<ruby>食<rt>た</rt></ruby>べに<ruby>行<rt>い</rt></ruby>きます。
go.ha.n.o./ta.be.ni./i.ki.ma.su.
去吃飯。

<ruby>誕生日<rt>たんじょうび</rt></ruby>のお<ruby>祝<rt>いわ</rt></ruby>いにケーキを<ruby>買<rt>か</rt></ruby>いました。
ta.n.jo.u.bi.no./o.i.wa.i.ni./ke.e.ki.o./ka.i.ma.shi.ta.
為了慶祝生日買了蛋糕。

旅行の思い出に写真を撮りました。
ryo.ko.u.no./o.mo.i.de.ni./sha.shi.n.o./to.ri.ma.shi.ta.
為了旅行的回憶,拍了照片。

明日買い物に行きます。
a.shi.ta./ka.i.mo.no.ni./i.ki.ma.su.
明天要出去購物。

單字

お祝い 【祝賀】
o.i.wa.i

思い出 【回憶】
o.mo.i.de

▶ にー表示目的地

說明

在場所的後面加上「に」是表示這個場所是動作的目的地。

例句

<ruby>公園<rt>こうえん</rt></ruby>に<ruby>行<rt>い</rt></ruby>きます。
ko.u.e.n./ni./i.ki.ma.su.
去公園。

<ruby>学校<rt>がっこう</rt></ruby>に<ruby>行<rt>い</rt></ruby>きます。
ga.kko.u./ni./i.ki.ma.su.
去學校。

<ruby>気温<rt>きおん</rt></ruby>が<ruby>三十度<rt>さんじゅうど</rt></ruby>に<ruby>達<rt>たっ</rt></ruby>しました。
ki.o.n.ga./sa.n.ju.u.do.ni./ta.sshi.ma.shi.ta.
氣溫達到了三十度。

<ruby>日本<rt>にほん</rt></ruby>に<ruby>到着<rt>とうちゃく</rt></ruby>しました。
ni.ho.n.ni./to.u.cha.ku./shi.ma.shi.ta.
到達日本了。

タクシーに<ruby>乗<rt>の</rt></ruby>ります。
ta.ku.shi.i.ni./no.ri.ma.su.
搭乘計程車。

（表示進入計程車內）

へ や はい
部屋に入ります。
he.ya.ni./ha.i.ri.ma.su.
進入屋子裡。

（表示進到屋子裡面）

に ほん い
日本に行きます。
ni.ho.n.ni./i.ki.ma.su.
去日本。

いえ かえ
家に帰ります。
i.e.ni./ka.e.ri.ma.su.
回家。

がっこう き
学校に来ます。
ga.kko.u.ni./ki.ma.su.
來學校。

いえ つ
家に着きました。
i.e.ni./tsu.ki.ma.shi.ta.
到家了。

▶ に－表示時間

説明

在表示時間的名詞後面加上「に」，可以用來說明動作的時間點，也可以用來表示時間的範圍。可參照下面例句的説明。

例句

毎日十時に寝ます。
ma.i.ni.chi.ju.u.ji./ni./ne.ma.su.
每天十點就寢。（表示動作的時間點）

冬に沖縄を旅行しました。
fu.yu.ni./o.ki.na.wa.o./ryo.ko.u.sh.ma.shi.ma.shi.ta.
冬天時去沖縄旅行。（表示動作的時間點）

一日に二杯コーヒーを飲みます。
i.chi.ni.chi.ni./ni.ha.i.ko.o.hi.i.o./no.mi.ma.su.
一天喝兩杯咖啡。（表示時間的範圍）

週に三回運動します。
shu.u.ni./sa.n.ka.i./u.n.do.u.shi.ma.su.
一週做三次運動。（表示時間的範圍）

月に二回図書館に行きます。
tu.ki./ni./ni.ka.i./to.sho.ka.n./ni./i.ki.ma.su.

一個月去兩次圖書館。（第一個「に」表示時間的範圍）

ふたり　ひとり　こども
二人に一人は子供です。
fu.ta.ri./ni./hi.to.ri./wa./ko.do.mo./de.su.
兩個人裡就有一個是小孩。（表示比例／條件範圍）

單字

つき
月　　【月】
tsu.ki.

ひとり
一人　　【一個人】
hi.to.ri.

ふたり
二人　　【兩個人】
fu.ta.ri.

かい
回　　【次數】
ka.i.

▶ に-表示變化的結果

説明

在句子中，若要表示變化的結果時，要在表示結果的
詞（可以是名詞、な形容詞）後面加上「に」。

例句

医者<ruby>医者<rt>いしゃ</rt></ruby>になりました。
i.sha./ni./na.ri.ma.shi.ta.
變成醫生了。／當上醫生了。

兄<ruby>兄<rt>あに</rt></ruby>が<ruby>大学生<rt>だいがくせい</rt></ruby>になりました。
a.ni.ga./da.i.ga.ku.se.i.ni./na.ri.ma.shi.ta.
變成大學生了。／當上大學生了。

<ruby>水<rt>みず</rt></ruby>が<ruby>氷<rt>こおり</rt></ruby>になりました。
mi.zu.ga./ko.o.ri.ni. /na.ri.ma.shi.ta.
水變成冰。

きれいになりました。
ki.re.i.ni./na.ri.ma.shi.ta.
變漂亮了。

<ruby>大人<rt>おとな</rt></ruby>になりました。
o.to.na.ni./na.ri.ma.shi.ta.
變成大人了。

大都市になりました。
da.i.to.shi.ni./na.ri.ma.shi.ta.
變成大都市了。

東京へ転勤することになりました。
to.kyo.u./e./te.n.ki.n./su.ru./ko.to./ni./na.ri.ma.shi.ta.
要調職到東京。

日本語が上手になりました。
ni.ho.n.go.ga./jo.u.zu.ni./na.ri.ma.shi.ta.
日語進步了。

妹は歌手になりたいと言いました。
i.mo.u.to./wa./ka.shu./ni./na.ri.ta.i./to./i.i.ma.shi.ta.
妹妹説她想當歌手。

▶ へ

説明

「へ」表示動作的目標，這個目標可以是場所，也可以是人。「へ」在使用上，有時可以和「に」作用相同，但並非全部都可以通用。（可參考「に」的介紹）

例句

あした にほん しゅっぱつ
明日、日本へ出発します。
a.shi.ta./ni.ho.n./e/shu.ppa.tsu./shi.ma.su.
明天要出發前往日本。

い
どこへ行きますか。
do.ko.e./i.ki.ma.su.ka.
要去哪裡？

りょうしん でんわ
両親へ電話をかけます。
ryo.u.shi.n.e./de.n.wa.o./ka.ke.ma.su.
打電話給父母。

ともだち
友達へメールをします。
to.mo.da.chi.e./me.e.ru.o./shi.ma.su.
發電子郵件給朋友。

くに かぞく でんわ
国の家族へ電話します。
ku.ni.no./ka.zo.ku.e./de.n.wa.shi.ma.su.
打電話給在家鄉的家人。

▶ で

「で」可以用來表示地點、手段、理由、狀態⋯等。
大致可分為下列幾種用法：

1. 動作進行的地點
2. 表示手段、道具或材料
3. 表示原因
4. 表示狀態
5. 表示範圍、期間

▶ で-動作進行的地點

說明

在時間、場所的後面加上「で」通常是表示短時間內在某個時間、地點進行一個動作，這個動作並不是固定出現的。（用法和「に」不同，可參照「に」的說明）

例句

なつ うみ およ
夏は海で泳ぎます。
na.tsu./wa./u.mi./de./o.yo.gi.ma.su.
夏天時在海裡游泳。

さんじっさい けっこん
三十歳で結婚しました。
sa.n.ji.ssa.i./de./ke.kko.n.shi.ma.shi.ta.
三十歲時結婚了。

わたし おおさか う
私は大阪で生まれました。
wa.ta.shi./wa./o.o.sa.ka.de./u.ma.re.ma.shi.ta.
我是在大阪出生的。

こんど たいかい なごや おこな
今度の大会は名古屋で行われます。
ko.n.do.no./ta.i.ka.i.wa./na.go.ya.de./o.ko.na.wa.re.ma.su.
下次的大會是在名古屋舉辦。

おお じしん
チリで大きい地震がありました。

chi.ri.de./o.o.ki.i./ji.shi.n.ga./a.ri.ma.shi.ta.
智利發生了大地震。

公園で遊びます。
こうえん　あそ
ko.u.e.n.de./a.so.bi.ma.su.
在公園玩。

会社の食堂でご飯を食べます。
かいしゃ　しょくどう　　　はん　た
ka.i.sha.no./sho.ku.do.u.de./go.ha.n.o./ta.be.ma.su.
在公司的餐廳吃飯。

單字

夏　【夏天】
なつ
na.tsu.

海　【海】
うみ
u.mi.

三十歳　【三十歳】
さんじっさい
sa.n.ji.ssa.i.

▶ で－表示手段、道具或材料

說明

表示手段時，在名詞的後面加上「で」，用來表示「藉著」此物品來進行動作或達成目標。另外，物品是「用什麼」做成的，如：木材製成桌椅，也是以「で」來表示；但若是產生化學變化而產生的物品，例如：石油變成纖維，則不能用「で」。

例句

でんしゃ がっこう い
電車で学校へ行きます。
de.n.sha./de./ga.kko.u./e./i.ki.ma.su.
坐電車去學校。（表示手段）

フォークでハンバーグを食べます。
fo.o.ku./de./ha.n.ba.a.gu./o./ta.be.ma.su.
用叉子吃漢堡排。（表示道具）

にほんご こた
日本語で答えます。
ni.ho.n.go./de./ko.ta.e.ma.su.
用日語回答。（表示手段）

ほうちょう にく (き)
包丁で肉を切ります。
ho.u.cho.u./de./ni.ku./o./ki.ri.ma.su.
用菜刀切肉。（表示道具）

この椅子は木で作られます。
ko.no./i.su./wa./ki./de./tsu.ka.re.ma.su.
這把椅子是用木頭做的。（表示材料）

◆比較：

ワインはぶどうから作られます。
wa.i.n./wa./bu.do.u./ka.ra./tsu.ku.ra.re.ma.su.
紅酒是葡萄做成的。（表示材料，有化學變化，用「から」）

単字

フォーク 【叉子】
fo.o.ku.

ハンバーグ 【漢堡排】
ha.n.ba.a.gu.

木 【樹、木頭】
ki.

ぶどう 【葡萄】
bu.do.u.

▶ で－表示原因

 説明

「で」也可以用來表示理由。說明由於什麼原因而有後面的結果。

例句

寝坊で遅刻しました。
ne.bo.u./de./chi.ko.ku./shi.ma.shi.ta.
因為睡過頭而遲到。

病気で会社を休みました。
byo.u.ki.de./ka.i.sha.o./ya.su.mi.ma.shi.ta.
因生病而向公司請假。

地震でビルが倒れました。
ji.shi.n.de./bi.ru.ga./ta.o.re.ma.shi.ta.
因為地震大樓倒塌。

小さいことで喧嘩しました。
chi.i.sa.i.ko.to.de./ke.n.ka.shi.ma.shi.ta.
因為小事而吵架。

頭痛で参加しませんでした。
zu.tsu.u.de./sa.n.ka./shi.ma.se.n.de.shi.ta.
因為頭痛而無法參加。

かぜ そうたい
風邪で早退しました。
ka.ze.de./so.u.ta.i.shi.ma.shi.ta.
因為感冒而早退。

単 字

ねぼう
寝坊 【睡過頭、貪睡】
ne.bo.u.

ちこく
遅刻します 【遲到】
chi.ko.ku.shi.ma.su.

けんか
喧嘩します 【吵架】
ke.n.ka.shi.ma.su.

ずつう
頭痛 【頭痛】
zu.tsu.u.

かぜ
風邪 【感冒】
ka.ze.

そうたい
早退します 【提早下班、提早回家】
so.u.ta.i./shi.ma.su.

▶ で-表示狀態

説明

　　「で」也可以用來表示動作進行時的狀態，例如：一個人、大家一起、一口氣⋯等。

例句

ひと
一人でご飯を作りました。
hi.to.ri/de/go.ha.n/o./tsu.ku.ri.ma.shi.ta.
一個人作好飯。

えいが　み　い
みんなで映画を見に行きます。
mi.n.na/de/e.i.ga/o/mi./ni./i.ki.ma.su.
大家一起去看電影。

ひと　はん　つく
一人でご飯を作りました。
hi.to.ri.de/go.ha.n.o/tsu.ku.ri.ma.shi.ta.
一個人作好飯。

ふたり　かんせい
二人で完成しました。
fu.ta.ri.de/ka.n.se.i.shi.ma.shi.ta.
兩個人一起完成了。

ひと　にほん　りょこう
一人で日本へ旅行しました。
hi.to.ri.de/ni.ho.n.e/ryo.ko.u.shi.ma.shi.ta.
一個人去日本旅行。

勢 いで成功しました。
i.ki.o.i.de./se.i.ko.u.shi.ma.shi.ta.
一股作氣成功了。

すごい速さで日本語が上手になりました。
su.go.i./ha.ya.sa.de./ni.ho.n.go.ga./jo.u.zu.ni./na.ri.
ma.shi.ta.
日語以飛快速度進步了。

全員で掃除しました。
ze.n.i.n.de./so.u.ji./shi.ma.shi.ta.
全體人員一起打掃。

三人で暮らしています。
sa.n.ni.n.de./ku.ra.shi.te./i.ma.su.
三個人一起住。

一人でご飯を食べます。
hi.to.ri.de./go.ha.n.o./ta.be.ma.su.
一個人吃飯。

▶ で-表示範圍、期間

 說明

「で」也可以用來表示期間、期限或是範圍。

例句

いちねんかん ひゃくまんちょきん
一年間で百万貯金しました。
i.chi.ne.n.ka.n./de./hya.ku.ma.n./cho.ki.n.shi.ma.su.
用一年的時間存了一百萬。

せかい いちばんす ひと だれ
世界で一番好きな人は誰ですか。
se.ka.i./de./i.chi.ba.n./su.ki.na./hi.to./wa./da.re.de.su.ka.
世界上你最喜歡的人是誰？

しごと らいしゅう お
この仕事は来週で終わります。
ko.no.shi.go.to.wa./ra.i.shu.u.de./o.wa.ri.ma.su.
這個工作在下星期就要告一段落。

かのじょ いちばんにんき こ
彼女はクラスで一番人気の子です。
ka.no.jo.wa./ku.ra.su.de./i.chi.ba.n./ni.n.ki.no.ko.de.su.
她是班上最有人緣的孩子。

くるま さんじゅうまんえん か
この車は三十万円で買えます。
ko.no.ku.ru.ma.wa./sa.n.ju.u.ma.n.de./ka.e.ma.su.
這台車用三十萬日幣就能買到。

この中で一番好きなのはどれですか。
ko.no.na.ka.de./i.chi.ba.n./su.ki.na.no.wa./do.re.de.su.ka.

在這其中你最喜歡哪一個？

單字

一年 【一年】
i.chi.ne.n.

間 【之間、期間】
ka.n.

百万 【一百萬】
hya.ku.ma.n.

貯金します 【儲蓄】
cho.ki.n.shi.ma.su.

世界 【世界】
se.ka.i.

一番 【最、第一】
i.chi.ba.n.

Point.24

助詞應用
助詞—と、から

▶ と

說明

要舉出兩件以上的事物，而這幾件事物的位置是同等並列的時候，就用「と」來表示。另外還可以表示和誰進行相同的動作、表示自己的想法…等等。在本篇中先介紹較基礎的用法，而不列出需要做動詞變化之用法。

1. 二者以上並列

2. 表示一起動作的對象

3. 傳達想法或說法

▶ と－二者以上並列

説明

　　列舉出兩個以上的事物，表示這些事物是同等地位的時候，就用「と」來表示。意思就與中文裡的「和」相同。

例句

牛乳と紅茶を買いました。
gyu.u.nyu.u./to./ko.u.cha./o./ka.i.ma.shi.ta.
買了牛奶和紅茶。

あそこに田中さんと田村さんがいます。
a.so.ko.ni./ta.na.ka.sa.n.to./ta.mu.ra.sa.n.ga./i.ma.su.
田中先生和田村先生在那裡。

定休日は日曜日と水曜日です。
te.i.kyu.u.bi.wa./ni.chi.yo.u.bi.to./su.i.yo.u.bi.de.su.
公休日是星期日和星期三。

いちごとりんごとどちらがいいですか。
i.chi.go.to./ri.n.go.to./do.chi.ra.ga./i.i.de.su.ka.
草莓和蘋果，哪一個比較好？

パスタとケーキを食べました。
pa.su.ta.to./ke.e.ki.o./ta.be.ma.shi.ta.

吃了義大利麵和蛋糕。

机 の上にテレビとゲーム機があります。
tsu.ku.e.no./u.e.ni./te.re.bi.to./ge.e.mu.ki.ga./a.ri.ma.su.
桌上有電視和電動。

ビールとワインを飲みました。
bi.i.ru./to./wa.i.n.o./no.mi.ma.shi.ta.
喝了啤酒和紅酒。

マフラーと手袋を作りました。
ma.fu.ra.a./to./te.bu.ku.ro./o./tsu.ku.ri.ma.shi.ta.
做了圍巾和手套。

單字

牛乳 【牛奶】
gyu.u.nyu.u.

紅茶 【紅茶】
ko.u.cha.

▶ と－表示－起動作的對象

説明

要説明一起進行動作的對象，就在表示對象的名詞後面加上「と」。

例句

友達と映画を見に行きました。
to.mo.da.chi./to./e.i.ga./o./mi./ni./i.ki.ma.shi.ta.
和朋友去看了電影。

クラスメートと喧嘩しました。
ku.ra.su.me.e.to./to./ke.n.ka.shi.ma.shi.ta.
和同學吵架了。

上司と一緒に食事に行きました。
jo.u.shi.to./i.ssho.ni./sho.ku.ji.ni./i.ki.ma.shi.ta.
和主管一起去吃了飯。

友達と日本へ旅行に行きます。
to.mo.da.chi.to./ni.ho.n.e./ryo.ko.u.ni./i.ki.ma.su.
要和朋友去日本旅行。

近所のおばさんと話しました。
ki.n.jo.no./o.ba.sa.n.to./ha.na.shi.ma.shi.ta.
和附近的阿姨講了話。

恋人と電話で話しました。
ko.i.bi.to.to./de.n.wa.de./ha.na.shi.ma.shi.ta.
和男（女）朋友講了電話。

両親と一緒に暮らしています。
ryo.u.shi.n.to./i.ssho.ni./ku.ra.shi.te./i.ma.su.
和父母一起住。

彼氏と別れました。
ka.re.shi.to./wa.ka.re.ma.shi.ta.
和男朋友分手。

弟と喧嘩しました。
o.to.u.to.to./ke.n.ka.shi.ma.shi.ta.
和弟弟吵架。

先輩と飲みました。
se.n.pa.i.to./no.mi.ma.shi.ta.
和前輩一起喝酒。

▶ と─傳達想法或説法

要傳達自己的想法或是轉達別人的説法時，中文裡會用「我覺得…」「他説…」等方法表示，而在日文中，會在完整的句子後面加上「と」，來表示這是一個想法或是別人的説法。

例句

あの映画は面白いと思います。
a.no./e.i.ga./wa./o.mo.shi.ro.i./to./o.mo.i.ma.su.
我覺得那部電影很有趣。

妹は歌手になりたいと言いました。
i.mo.u.to./wa./ka.shu./ni./na.ri.ta.i./to./i.i.ma.shi.ta.
妹妹説她想當歌手。

彼は甘いものが好きだと言いました。
ka.re.wa./a.ma.i.mo.no.ga./su.ki.da./to./i.i.ma.shi.ta.
他説他喜歡甜食。

これは難しいと思います。
ko.re.wa./mu.zu.ka.shi.i./to./o.mo.i.ma.su.
我覺得這個很難。

昨日の試験はやさしかったと思います。

ki.no.u.no./shi.ke.n.wa./ya.sa.shi.ka.tta./to./o.mo.i.ma.su.

我覺得昨天的考試很簡單。

この番組はつまらないと思います。
ko.no.ba.n.gu.mi.wa./tsu.ma.ra.na.i.to./o.mo.i.ma.su.

我覺得這個節目很無聊。

先生は来ないと思います。
se.n.se.i./wa./ko.na.i./to./o.mo.i.ma.su.

我認為老師不會來。

正しくないと思います。
ta.da.shi.ku.na.i./to./o.mo.i.ma.su.

我認為不正確。

單字

歌手 【歌手】
ka.shu.

▶ から

> **說明**
>
> 　「から」具有「從…」和「因為」兩種意思。依照意思的不同，也可以分成這兩種用法：
>
> 　1. 表示起點
> 　2. 表示原因
> 　3. 表示原料

▶ から－表示起點

說明

「から」可以用來表示起點，這裡的起點可以是地點、時間、範圍、立場…等。

例句

授業は九時からです。
ju.gyo.u./wa./ku.ji./ka.ra./de.su.
課程從九點開始。（表示時間的起點）

今日は学校から公園まで走りました。
kyo.u./wa./ga.kko.u./ka.ra./ko.u.e.n./ma.de./ha.shi.ri.ma.shi.ta.
今天從學校跑到了公園。（表示範圍）

中部地方から関東地方にかけて、晴れになるでしょう。
chu.u.bu.chi.ho.u.ka.ra./ka.n.to.u.chi.ho.u.ni./ka.ke.te./ha.re.ni.na.ru.de.sho.u.
從中部到關東地區，都是晴天。（天氣預報用語）

天気予報によると、台風は今晩から明日の朝にかけて上陸するとのことです。
te.n.ki.yo.ho.u.ni.yo.ru.to./ta.i.fu.u.wa./ko.n.ba.n.ka.ra./

a.shi.ta.no.a.sa.ni./ka.ke.te./jo.u.ri.ku.su.ru./to.no.ko.to.
de.su.

根據天氣預報，颱風在今晚到明早間會登陸。

ここから学校までは10キロほどあります。

ko.ko./ka.ra./ga.kko.u./ma.de./ju.u./ki.ro./ho.do./a.ri.
ma.su.

從這裡到學校大約是10公里。

三日から五日まで休みます。

mi.kka./ka.ra./i.tsu.ka./ma.de./ya.su.mi.ma.su.

從三日到五日休息。

子供から大人まで楽しめるお店です。

ko.do.mo./ka.ra./o.to.na./ma.de./ta.no.shi.me.ru./o.mi.
se./de.su.

從小孩到大人都喜歡的店。

あの会社は社長から社員まで、全員が
制服を着ています。

a.no./ka.i.sha.wa./sha.cho.u./ka.ra./sha.i.n./ma.de./
ze.n.i.n.ga./se.i.fu.ku.o./ki.te.i.ma.su.

那間公司，從老闆到員工，都穿著制服。

▶ から－表示原因

說明

「から」用來表示原因時，是表示自己的主張，或是對別人發出命令時使用。

例句

眠いから行きません。
ne.mu.i./ka.ra./i.ki.ma.se.
因為想睡所以不去。

暑いから食べたくないです。
a.tsu.i.ka.ra./ta.be.ta.ku.na.i./de.su.
因為天氣很熱所以不吃。

寒いから出かけません。
sa.mu.i.ka.ra./de.ka.ke.ma.se.n.
因為很冷所以不出門。

暑いから窓を開けてください。
a.tsu.i.ka.ra./ma.do.o./a.ke.te./ku.da.sa.i.
因為很熱所以請開窗。（請託的說法）

遅いから早く寝なさい。
o.so.i.ka.ra./ha.ya.ku./ne.na.sa.i.
因為很晚了快去睡覺。（命令）

▶ から－表示原料

説明

　　前面曾經學過「で」也可以用來表製作物品的原料。
「で」是用來表示原料直接製成物品，而沒有經過質料的
變化。「から」則是原料經過了化學變化，成品完成後已
經看不出原料的材質和形式了。

例句

ワインはぶどうから作<ruby>られます<rt>つく</rt></ruby>。
wa.i.n./wa./bu.do.u./ka.ra./tsu.ku.ra.re.ma.su.
紅酒是葡萄做的。

プラスチックは石油<ruby><rt>せきゆ</rt></ruby>からできています。
pu.ra.su.chi.kku./wa./se.ki.yu./ka.ra./de.ki.te.i.ma.su.
塑膠是石油做的。

酒<ruby><rt>さけ</rt></ruby>は米<ruby><rt>こめ</rt></ruby>から作<ruby><rt>つく</rt></ruby>られます。
sa.ke.wa./ko.me.ka.ra./tsu.ku.ra.re.ma.su.
清酒是用米做的。

紙<ruby><rt>かみ</rt></ruby>は木<ruby><rt>き</rt></ruby>から作<ruby><rt>つく</rt></ruby>られます。
ka.mi.wa./ki.ka.ra./tsu.ku.ra.re.ma.su.
紙是用木頭做的。

味噌<ruby><rt>みそ</rt></ruby>は大豆<ruby><rt>だいず</rt></ruby>から作<ruby><rt>つく</rt></ruby>られます。

mi.so.wa./da.i.zu.ka.ra./tsu.ku.ra.re.ma.su.
味噌是用大豆做的。

單字

味噌 【味噌】
mi.so.

大豆 【大豆、黄豆】
da.i.zu.

プラスチック 【塑膠】
pu.ra.su.chi.kku.

石油 【石油】
se.ki.yu.

ワイン 【紅酒】
wa.i.n.

ぶどう 【葡萄】
bu.do.u.

米 【米】
ko.me.

紙 【紙】
ka.mi.

Point.25

助詞應用
助詞—其他

▶ より－比較

說明

　　「より」具有比較基準的意思，也就是中文裡的
「比」。另外也含有起點意思。在本篇中，先針對比較的
意思來學習。在使用「より」時，需注意跟據前後文的排
列方法不同，比較的結果也不同，下面就用例句來說明。

例句

かのじょ わたし せ たか
彼女は 私 より背が高いです。
ka.no.jo./wa./wa.ta.shi./yo.ri./se./ga./ta.ka.i.de.su.
她比我高。

かのじょ わたし せ たか
彼女より、 私 のほうが背が高いです。
ka.no.jo./yo.ri./wa.ta.shi./no./ho.u./ga./se./ga./ta.ka.i.de.
su.
比起她，我比較高。

かのじょ かしゅ げいじゅつか
彼女は歌手というよりむしろ芸術家です。
ka.no.jo.wa./ka.shu.to.i.u.yo.ri./mu.shi.ro./ge.i.ju.tsu.
de.su.
與其說她是歌手不如說是藝術家。

りょう しつ じゅうし
量 より質を重視します。
ryo.u.yo.ri./shi.tsu.o./ju.u.shi.shi.ma.su.
重質不重量。

スポーツでは彼より優れている者はいなか

った。

su.po.o.tsu.de.wa./ka.re.yo.ri./su.gu.re.te.i.ru.mo.no.wa./
na.ka.tta.

在運動方面沒有人比他好。

ラッシュアワーの時は、自動車より歩くの

ほうがかえって速い。

ra.sshu.a.wa.a.no.to.ki.wa./ji.do.u.sha.yo.ri./a.ru.ku.no.
ho.u.ga./ka.e.tte./ha.ya.i.

在交通尖峰時刻，比起汽車用走的反而比較快。

単字

歌手　【歌手】
ka.shu.

芸術家　【藝術家】
ge.i.ju.tsu.ka.

重視します　【重視】
ju.u.shi./shi.ma.su.

優れます　【優於】
su.gu.re.ma.su.

ラッシュアワー　【尖峰時刻】
ra.sshu.a.wa.a.

▶ より－根據

説明

「より」也有依據、根據的意思。是表示原因、引用之意。

例句

てんこうふりょう　　　　　　　ひこうき　と
天候不良により飛行機は飛べなかった。
te.n.ko.u.fu.ryo.u.ni./yo.ri./hi.ko.u.ki.wa./to.be.na.ka.tta.
因為天氣不佳所以飛機停飛。

しっぱい　おうおう　　　　　　ふちゅうい　　しょう
失敗は往々にして不注意より生じます。
shi.ppa.i.wa./o.u.o.u.ni./shi.te./fu.chu.u.i./yo.ri./sho.u.ji.
ma.su.
失敗通常是因為不小心才發生的。

單字

おうおう
往々　　【通常、經常】
o.u.o.u.

ふちゅうい
不注意　【不小心】
fu.chu.u.i.

しょう
生じます　【發生、產生】
sho.u.ji.ma.su.

▶ まで

○ 説明

○　　「まで」是用來表示一個範圍的終點，可以是時間也
○ 可以是地點場所。

例句

今日は学校から公園まで走りました。
kyo.u./wa./ga.kko.u./ka.ra./ko.u.e.n./ma.de./ha.shi.ri.ma.
shi.ta.
今天從學校跑到了公園。（公園是終點）

夜中まで 働 きました。
yo.na.ka.ma.de./ha.ta.ra.ki.ma.shi.ta.
工作到半夜。

2時から3時までの 間 に一度電話をくださ
い。
ni.ji.ka.ra./sa.n.ji.ma.de.no./a.i.da.ni./i.chi.do.de.n.wa.o./
ku.da.sa.i.
2點到3點之間請打電話給我。

昨日は 十 ページから三十ページまで読みま
した。
ki.no.u./wa./ju.u.pe.e.ji./ka.ra./sa.n.ji.ppe.e.ji./ma.de./
yo.mi.ma.shi.ta.

昨天從第十頁讀到第三十頁。（三十頁是範圍的終點）

しけん あさじゅうじ ごごさんじ
試験は朝十時から午後三時までです。
shi.ke.n.wa./a.sa.ju.u.ji.ka.ra./go.go.sa.n.ji.ma.de./de.su.
考試是從早上十點到下午三點。（表示時間終點）

なつやす しちがつついたち
夏休みは七月一日からです。
na.tsu.ya.su.mi.wa./shi.chi.ga.tsu./tsu.i.ta.chi./ka.ra.
de.su.
暑假是從七月一日開始。（表示時間的終點）

しごと たかお い
仕事で高雄まで行きます。
shi.go.to.de./ta.ka.o.ma.de./i.ki.ma.su.
因為工作的關係，要到高雄去。（表示達到的地點）

ごじ しゅくだい だ
五時までに宿題を出してください。
go.ji.ma.de.ni./shu.ku.da.i.o./da.shi.te./ku.da.sa.i.
請在五點以前交作業。（限定的時間點；表示時間點時要
用「までに」）

▶ など

說明

「など」等同於中文裡的「…等」之意。是在很多物品中列舉了其中幾樣的意思，或者是從眾多的物品中舉出了其中一樣當例子。

例句

朝はトーストやサンドイッチなどを食べます。

a.sa./wa./to.o.su.to./ya./sa.n.do.i.cchi./na.do./o./ta.be.ma.su.

早上通常是吃吐司或是三明治之類的。

会社を辞めるなどと言って、皆を困らせています。

ka.i.sha.o./ya.me.ru.na.do.to.i.tte./mi.na.o./ko.ma.ra.se.te.i.ma.su.

說什麼要辭職，造成大家的困擾。

彼らは私の姓名、年齢などを尋ねました。

ka.re.ra.wa./wa.ta.shi.nio.se.i.me.i./ne.n.re.i.na.do.o./ta.zu.ne.ma.shi.ta.

他們尋問我的姓名、年齡等等。

食事の後でジュースなどいかがですか。
しょくじ あと

（いかが：如何）

sho.ku.ji./no.a.to.de./ju.u.su.na.do./i.ka.ga.de.su.ka.

吃完飯後，要不要來杯果汁之類的。

九州や東京などはどうですか。
きゅうしゅう とうきょう

kyu.u.shu.u.ya./to.u.kyo.u.na.do.wa./do.u.de.su.ka.

九州或是東京之類的如何呢？

野菜や肉などを買いました。
やさい にく か

ya.sa.i./ya./ni.ku.na.do.o./ka.i.ma.shi.ta.

買了些蔬菜和肉之類的。

昨日、アニメやドラマなどを見ました。
きのう み

ki.no.u./a.ni.me./ya./do.ra.ma.na.do.o./mi.ma.shi.ta.

昨天看了卡通、連續劇之類的節目。

單字

トースト 【土司】
to.o.su.to.

サンドイッチ 【三明治】
sa.n.do.i.cchi.

アニメ 【卡通】
a.ni.me

ドラマ 【連續劇】
do.ra.ma.

▶ や

説明

「や」可以當成是「或是」的意思。用在並列舉出例子的時，將這些例子串連起來。

例句

ここには、台湾や日本や韓国など、いろいろな国の社員がいます。
ko.ko.ni.wa./ta.i.wa.n./ya./ni.ho.n./ya./ka.n.ko.ku./na.do./i.ro.i.ro.na./ku.ni./no./sha.i.n./ga./i.ma.su.
在這裡，有台灣、日本、韓國……等各國的員工。

考え方ややり方は違います。
ka.n.ga.e.ka.ta./ya./ya.ri.ka.ta./wa./chi.ga.i.ma.su.
想法或是做法不同。

部屋に 机 やベッドなどがあります。
he.ya.ni./tsu.ku.e./ya./be.ddo.na.do.ga./a.ri.ma.su.
房間裡有桌子和床……等等。

学校の前には本屋や八百屋や交番などがあります。
ga.kko.u.no./ma.e.ni.wa./ho.n.ya./ya./ya.o.ya./ya./ko.u.ba.n./na.do.ga./a.ri.ma.su.
學校前面有書店、蔬菜店、警察局……等等。

▶ しか

説明

「しか」是「只」的意思，是限定程度、範圍的說法。在使用「しか」的時候，後面一定要用否定句，就如同是中文裡面的「非…不可」的意思。

例句

肉しか食べません。
ni.ku./shi.ka./ta.be.ma.se.n.
非肉不吃。／只吃肉。

水しか飲みません。
mi.zu./shi.ka./no.mi.ma.se.n.
非水不喝。／只喝水。

子供のころのことはかすかな記憶しかありません。
ko.do.mo.no.ko.ro.no.ko.to.wa./ka.su.ka.na.ki.o.ku./shi.ka.a.ri.ma.se.n.
對小時候只有模糊的記憶。

▶ くらい

說明

在日文中，要表示大概的數字和程度時，可以用「くらい」或是「ほど」來表示。其中「くらい」是較口語的說法。「くらい」也可以說成「ぐらい」。

例句

学校までは五分くらいかかります。
ga.kko.u./ma.de./wa./go.fu.n./ku.ra.i./ka.ka.ri.ma.su.
到學校約需五分鐘。

これは三千円くらいかかります。
ko.re.wa./sa.n.ze.n.e.n./ku.ra.i./ka.ka.ri.ma.su.
這個大約三千元。

ここは台北の三倍くらいの面積があります。
ko.ko.wa./ta.i.pe.i.no./sa.n.ba.i../ku.ra.i./no./me.n.se.ki./ga./a.ri.ma.su.
這裡的面積大約有台北的三倍大。

庭に二歳くらいの子供がいます。
ni.wa.ni./ni.sa.i./ku.ra.i./no./ko.do.mo.ga./i.ma.us.
院子裡有個兩歲左右的小孩。

四時ぐらいに帰りました。
yo.ji.gu.ra.i/ni/ka.e.ri.ma.shi.ta.
四點左右回家了。

ここは千人くらいの人が集まります。
ko.ko.wa./se.n.ni.n./ku.ra.i./no./hi.to.ga./a.tsu.ma.ri.
ma.su.
這裡大約會聚集一千人左右。

年に何回ぐらいハイキングに行きますか。
ne.n.ni./na.n.ka.i./gu.ra.i./ha.i.ki.n.gu.ni./i.ki.m.asu.ka.
一年去健行幾次呢？

どれぐらいの長さですか。
do.re./gu.ra.i.no./na.ga.sa./de.su.ka.
大約多長呢？

値段はどのくらいしますか。
ne.da.n.wa./do.no./ku.ra.i./shi.ma.su.ka.
價格大概多少呢？

單字

面積 【面積】
me.n.se.ki

▶ ながら－同時進行

 説 明

「ながら」的用法就等同於中文裡的「一邊…一邊
…」，而接續的方式是把動詞ます形的語幹保留，加上
「ながら」。例如「飲みます」這個動詞，去掉後面的ま
す，只保留語幹部分，再加上「ながら」，即是「飲みな
がら」。

例 句

彼は音楽を聴きながら本を読みます。
ka.re./wa./o.n.ga.ku./o./ki.ki.na.ga.ra./ho.n./o./yo.mi.
ma.su.
他一邊聽音樂一邊讀書。

私 はいつもテレビを見ながらご飯を食べま
す。
wa.ta.shi./wa./i.tsu.mo./te.re.bi./o./mi.na.ga.ra./go.ha.n./
o./ta.be.ma.su.
我總是一邊看電視一邊吃飯。

彼は原稿を見ながら演説しました。
ka.re.wa./ge.n.kok.u.o./mi.na.ga.ra./e.n.se.tsu.shi.
ma.shi.ta.
他看著稿子進行演講。

食事をしながらゆっくりしゃべりました。

sho.ku.ji.o./shi.na.ga.ra./yu.kku.ri./sha.be.ri.ma.shi.ta.
邊吃飯邊慢慢聊。

本を読みながら眠ってしまいました。
ho.n.o./yo.mi.na.ga.ra./ne.mu.tte..shi.ma.i.ma.shi.ta.
一邊讀書一邊不小心打瞌睡。

ワインでも飲みながら話をしましょう。
wa.i.n.de.mo./no.mi.na.ga.ra./ha.na.si.o./shi.ma.sho.u.
一邊喝紅酒一邊聊吧。

単字

原稿　【原稿】
ge.n.ko.u.

ゆっくり　【慢慢地、好好地】
yu.kku.ri.

しゃべります　【說、聊天】
sha.be.ri.ma.su.

Point.26

接續詞篇

▶ そして-並列

説 明

連接前後兩句子，表示「還有」的意思。

例 句

父
ちち
は弁護士
べんごし
です。そして、母
はは
は銀行員
ぎんこういん
で
す。
chi.chi.wa./be.n.go.shi./de.su./so.shi.te./ha.ha.wa./
gi.n.ko.u.i.n./de.su.
爸爸是律師，媽媽是銀行行員。

姉
あね
は優
やさ
しいです。そして、兄
あに
は厳
きび
しいで
す。
a.ne.wa./ya.sa.shi.i./de.su./so.shi.te./a.ni.wa./ki.bi.shi.i./
de.su.
姊姊很溫柔，哥哥很嚴格。

今回
こんかい
の旅行
りょこう
ではスウェーデン、フィンラン
ドそしてノルウェーと、主
おも
に北欧
ほくおう
を中心
ちゅうしん
に回
まわ
りました。
ko.n.ka.i.no./ryo.ko.u./de.wa./su.we.e.de.n./fi.n.ra.n.do./
so.shi.te./no.ru.we.e.to./o.mo.ni./ho.ku.o.u.o./chu.u.shi.
n.ni./ma.wa.ri.ma.shi.ta.
這次旅行，主要是北歐為主，去了瑞典、芬蘭和挪威。

▶ そして-接續

　　そしても接續的意思，用來表示「接著」「然後」。是照先後順序敘述事件的發生。

例句

学校は8時に始まります。そして、5時に終わります。

ga.kko.u.wa./ha.chi.ji.ni./ha.ji.ma.ri.ma.su./so.shi.te./go.ji.ni./o.wa.ri.ma.su.

學校是8點開始，然後5點結束。

彼は就職し、そしてすぐ地方に派遣されました。

ka.re.wa./shu.u.sho.ku.shi./so.shi.te./su.gu./chi.ho.u.ni./ha.ke.n./sa.re.ma.shi.ta.

他開始上班之後，馬上就被派到外縣市。

今朝はパンを食べました。そして、コーヒーを飲みました。

ke.sa.wa./pa.n.o./ta.be.ma.shi.ta./so.shi.te./ko.o.hi.i.o./no.mi.ma.shi.ta.

今天早上吃了麵包，然後喝了咖啡。

▶ それで

　　「それで」口語也可説成「で」。用來表示「所以」「那麼」的意思。

例 句

昨夜熱が出て、それで今日は会社を休みました。
sa.ku.ya./ne.tsu.ga./de.te./so.re.de./kyo.u.wa./ka.i.sha.o./ya.su.mi.ma.shi.ta.
昨天晚上發燒，所以今天沒上班。

小さい時にプールで怖い思いをしました。それで水が好きになれません。
chi.i.sa.i.to.ki.ni./pu.u.ru.de./ko.wa.i./o.mo.i.o./shi.ma.shi.ta./so.re.de./mi.zu.ga./su.ki.ni./na.re.ma.se.n.
小時候在泳池留下了恐怖的回憶，所以現在不喜歡水。

A: 来週から期末試験だ。
ra.i.shu.u./ka.ra./ki.ma.tsu./shi.ke.n.da.
下星期開始就是期末考試了。

B: それで。
so.re.de.
那又怎樣？

▶ だから

「だから」是由前一句當作原因、理由，而引出後續句子的結果。

例 句

地下鉄で事故があった。だから、会社に遅刻してしまった。
chi.ka.te.tsu./de./ji.ko.ga./a.tta./da.ka.ra./ka.i.sha.ni./chi.ko.ku./shi.te./shi.ma.tta.
因為地下鐵有事故。所以上班才會遲到。

部屋の電気がついていない。だから、まだ帰ってきていないはずだ。
he.ya.no./de.n.ki.ga./tsu.i.te./i.na.i./da.ka.ra./ma.da./ka.e.tte./ki.te./i.na.i./ha.zu.da.
房間的燈沒開。所以應該還沒回來。

時間がありません。だから、急いでください。
ji.ka.n.ga./a.ri.ma.se.n./da.ka.ra./i.so.i.de./ku.da.sa.i.
沒時間了。所以請快一點。

▶ でも

說明

「でも」是用來表示前後兩個句子的內容相反。

例句

姉は泳ぎに行った。でも、私は勉強で行けなかった。
a.ne.wa./o.yo.gi.ni./i.tta./de.mo./wa.ta.shi.wa./be.n.kyo.u.de./i.ke.na.ka.tta.
姊姊去游泳了。但我因為要念書不能去。

彼女はいい車を持っている。でも滅多に乗らない。
ka.no.jo.wa./i.i./ku.ru.ma.o./mo.tte.i.ru./de.mo./me.tta.ni./no.ra.na.i.
她有一台很好的車。但很少開。

皆彼のことが嫌いだそうだ。でも、私は彼のことが好き。
mi.na./ka.re.no.ko.to.ga./ki.ra.i.da./so.u.da./de.mo./wa.ta.shi.wa./ka.re.no./ko.to.ga./su.ki.
大家都不喜歡他,但我喜歡。

▶ しかし

說明

「しかし」也是用來表示前後兩個句子內容相反，但「でも」是口語化的說法，「しかし」則較正式，適合用在文章當中。

例句

彼にメールしました。しかし、返事は来ませんでした。
ka.re.ni./me.e.ru.shi.ma.shi.ta./shi.ka.shi./he.n.ji.wa./ki.ma.se.n./de.shi.ta.
我寄了郵件給他，但他沒回。

この商品の性能は優れています。しかし、値段は高すぎます。
ko.no./sho.u.hi.n.no./se.i.no.u.wa./su.gu.re.te./i.ma.su./shi.ka.shi./ne.da.n.wa./ta.ka.su.gi.ma.su.
這個商品的功能很好，但太貴了。

彼はお金持ちになりました。しかし、多くの友達を失いました。
ka.re.wa./o.ka.ne.mo.chi.ni./na.ri.ma.shi.ta./shi.ka.shi./o.o.ku.no./to.mo.da.chi.o./u.shi.na.i.ma.shi.ta.
他變成了有錢人。但也失去了很多朋友。

國家圖書館出版品預行編目資料

實用進階日語文法 / 雅典日研所 編著. -- 初版.
-- 新北市：雅典文化，民101. 11
面；公分. --（全民學日語；21）
ISBN 978-986-6282-69-0（平裝附光碟片）
1. 日語 2. 語法
803. 16　　　　　　　　　　　　　　101018653

全民學日語系列 **21**

實用進階日語文法

編著／雅典日研所
責編／許惠萍
美術編輯／林子凌
封面設計／劉逸芹

法律顧問：方圓法律事務所／涂成樞律師

總經銷：永續圖書有限公司
永續圖書線上購物網
www.foreverbooks.com.tw

CVS代理／美璟文化有限公司
TEL：（02）2723-9968
FAX：（02）2723-9668

出版日／2012年11月

雅典文化

出版社
22103　新北市汐止區大同路三段194號9樓之1
TEL　（02）8647-3663
FAX　（02）8647-3660

實用進階日語文法

> 雅致風靡　典藏文化

親愛的顧客您好，感謝您購買這本書。

為了提供您更好的服務品質，煩請填寫下列回函資料，您的支持
是我們最大的動力。

您可以選擇傳真、掃描或用本公司準備的免郵回函寄回，謝謝。

姓名：		性別：	□男　□女

出生日期：	年　　月　　日	電話：

學歷：		職業：	□男　□女

E-mail：

地址：□□□

從何得知本書消息：□逛書店 □朋友推薦 □DM廣告 □網路雜誌

購買本書動機：□封面 □書名 □排版 □內容 □價格便宜

你對本書的意見：
內容：□滿意□尚可□待改進　編輯：□滿意□尚可□待改進
封面：□滿意□尚可□待改進　定價：□滿意□尚可□待改進

其他建議：

沿此線對折後寄回，謝謝。

廣 告 回 信
基隆郵局登記證
基隆廣字第056號

2 2 1 - 0 3

雅典文化事業有限公司　收
新北市汐止區大同路三段194號9樓之1

雅致風靡　典藏文化